U0921808

我在三十岁的第一年

毛利

·长篇小说

ONE book

四川文艺出版社

图书在版编目(CIP)数据

我在三十岁的第一年 / 毛利著 . -- 成都 : 四川文艺出版社, 2017.7

ISBN 978-7-5411-4730-2

Ⅰ. ①我… Ⅱ. ①毛… Ⅲ. ①长篇小说—中国—当代 Ⅳ. ① I247.5

中国版本图书馆 CIP 数据核字 (2017) 第 163616 号

WO ZAI SAN SHI SUI DE DI YI NIAN

我在三十岁的第一年

毛利 著

责任编辑 彭 炜
责任校对 汪 平
装帧设计 雾 室
出版发行 四川文艺出版社(成都市槐树街2号)
网 址 www.scwys.com
电 话 028-86259287(发行部) 028-86259303(编辑部)
传 真 028-86259306
邮购地址 成都市槐树街2号四川文艺出版社邮购部 610031
印 刷 北京鹏润伟业印刷有限公司
成品尺寸 145mm×210mm 1/32
印 张 7.5 字 数 180千
版 次 2017年11月第一版 印 次 2017年11月第一次印刷
书 号 ISBN 978-7-5411-4730-2
定 价 39.00元

目录

1　魔鬼一般的男人

三十岁意味着什么?

意味着新陈代谢变慢，脂肪堆积过剩，意味着跑两步就气喘吁吁，吃两口就腹部突出，意味着再也没办法速效大瘦身，再也不相信奇迹美颜法。

如果不是明白这些道理，我才不会在周六早上八点，奋战于单位顶层的跑步机上，耳机里放着最振奋人心的背景音乐——大片中英雄火速救场时会奏响的恢宏交响乐或者高节奏电子乐。加油吧，陈苏，可能在五公里的尽头，会出现王子，朝你打招呼：嗨，久等了。

幼稚，显而易见的幼稚，一个三十岁的女人，还在做着跟二十岁小女孩一样的春梦，忍不住把速度从10调到12，最好羞愧能从毛孔里随着汗水一起蒸发。

手机响时，我正累得上气不接下气，看着屏幕上的陌生号码，不用说，一定是快递，随手一滑，脱口而出：“你放小区物业。”

那边再熟悉不过的声音传过来：“阿苏，在家吗？我来找你好吗？现在就来。”

正是一周前宣布分手，随后微信拉进黑名单，又连电话号码一起统统删掉的前任。该说是前任吗？这样的分手，我大概进行过五次以上，每一次，都以偷偷加回蒋南微信宣告结束，每一次，蒋南会在添加完微信后，说：“宝贝，你终于把我加回来了，我天天想你。”

我只是年纪大，又不是脑残，一个三十岁的女人，好歹知道如果一个男人连电话都舍不得打，再喜欢也不过如此。

只是互相浪费光阴。蒋南纠正说：“不，宝贝，我喜欢和你一起虚度时光。”此人是个恋爱高手，但是啊，三十岁碰到这种男人，有点像穷人吸毒，明明知道这种快乐会毁了自己，居然还不自觉地越陷越深。

一星期前，我正式决定要分手，连电话都删干净，还跟好朋友立下重誓，一定会分手，不然送她一瓶祖马龙香水。

我真的没想到，会接到蒋南的电话，也真的没想到，居然，一点点反抗都没有，就答应他：“好啊，我马上来。”像电视里的瘾君子，一受到一点点诱惑，眼神和手脚都开始涣散，大脑根本不接受指令，只想马上出现在他身边。

从跑步机上收住脚步，急急往外赶，明明知道，这回来的不是王子，是魔鬼，魔鬼一般的男人。

家离单位只有一条马路，自从两年前换了家公司上班，就换了个地方住，这是我的个人信条：绝不为上班，浪费一点点在路上的时间。

我想回去还来得及洗个澡，遗憾的是，早上的五公里没能顺利跑完，等于白练，有氧运动必须坚持三十分钟以上，才能持续六个小时的脂肪燃烧。每次这种属于中年人的理智涌上心头时，不知道为什么，都有点难以接受，道理我都懂，可是为什么每一个都做不到？

自然，浪费时间的前任也应该永不再见，可还是以扑通扑通的心跳声，火速收拾了一遍房间，刚想拿衣服去洗澡，敲门声适时响起。蒋南站在门口，看上去就像一位理想中的男友，穿着我最喜欢的灰色棒球衫外套，丹宁色牛仔裤，一双卡其低帮靴；发型换了，头发抹了点胶，齐刷刷往后，呈大背头的清爽模样。总之，是那种走在马路上情不自禁想牵起手一起前行的百分百男友。

他打量我一眼，我就开始心虚，眼下这副满头大汗、浑身汗酸味的模样，怎么着，都没有半点可赞美之处。

当然，我不能输。我几乎以居高临下的姿态，狠狠睥睨了蒋南一番，试图用眼神质问他两个问题：你怎么来了？你怎么才来？

他径直往里走，房间小得可怜，一张床外，只容得下一张写字桌，双人座沙发，再加上书柜和衣柜，最多二十来平方米。

蒋南毫不客气地倒在床上，忽然闭上双眼，疲惫不堪地说："我一夜没睡。"

我靠在写字台前，像小女孩一样生着气，类似于小孩走丢，终于被大人找到时，会忍不住哇哇大哭。被蒋南找到家里，有种满腹委屈终于可以释放的稳妥感，你是爱我的吧，还是舍不得我的吧？这一个礼拜，很辛苦吧？终于知道没我不行了吧？

没等情绪高涨到顶点，仿佛睡着一般的蒋南，睁开眼睛，用一种虚弱的声音说："你站那里干吗，快躺到我身边来。"说完，拍了拍他身边的被子，好像那是他的床一样。

我继续嘴硬："跑完步还没洗澡。"他一把把我拉到床上，以不容置疑的口气命令道："陪我睡一会儿。"

没法抗拒，躺在他身边，依然很忐忑。两分钟后，已经跟从来没分开过一般，常规的亲吻和亲热，蒋南有点心不在焉，随口说的一句话，又戳了我一刀，他说："在我所有女朋友里，你的吻技真是第一名，是不是因为你最爱我？跟你接吻，才有爱的感觉。"

本来还沉浸在爱河中，仿佛用牛奶和蜂蜜在泡澡，忽然一下警铃大作，我知道脑海中那根该死的雷达又启动了：他妈的我到底属于你哪波女朋友，吻技第一是我，床技呢？美貌又排第几？是不是还有个最佳未婚妻排名？

正准备甩脸，蒋南先我一步，脸色一正，告诉我，他出了件大事。

蒋南跟我同年，比我小两个月，实际上样样都差我那么一点儿。从高考分数，本科读的大学，今年才升的职位，甚至拿的收入，每一样，都不如我。

可在旁人眼里，他却是最适合结婚的黄金单身汉，从来没缺过女朋友。我呢，是常见的大龄剩女，那种因为性格古怪、要求过高才三十岁没结婚的女人。

有一天我们路过某个广场上的相亲角，兴致勃勃地进去看，发现蒋南是大部分女人的理想配偶。另一边只有十分之一的男人，愿意给三十岁的女人一个机会见上一面。

这不公平，可这是现实。

蒋南从不锻炼，每次我挥汗如雨时，他都会以那种敬佩又讨厌的神情，送上一句话："你们女人太拼了。"

每一个过了二十八岁，还想在情场有所斩获的女性，每年可能都要流七公升汗水，跑步、跳操、高温瑜伽、普拉提、动感单车……我认识一个女同事，精瘦的秘诀是：连续三年每天中午都去健身房做无氧训练一小时，负重五十斤。如果哪天没锻炼，就像丢了钱包一样，魂不守舍。

蒋南只在一个地方，心率会超过一百，他在床上很勤奋，除此之外，真是个漫不经心的人。那个体脂率绝对超过25%的肚子，那副一到晚上就馋兮兮要点外卖的胃口，我怀疑他的人生根本没有努力二字。

他那副胸无大志的样子，有时候让人看起来很恼火。那副永远笑眯眯的表情，似乎在告诉你，宝贝，你想要的每一件东西，我都不想给你，不过如果你够努力，我没准一直会在你身边，不离不弃地陪着你。

我们之间的关系，就像一个正经有事业心的男人，找了一个娇俏可爱的小女朋友，一方负责赚钱养家，一方负责貌美如花，只不过男女位置大颠倒。蒋南从不担心养家这种问题，他对自己的生活很满意，工资不高，可是事业单位非常稳定，在遥远的郊区有套小房子，还有辆代步车，夫复何求？有段时间他跟我撒娇："去买辆大机车怎么样？我带你在城里兜一圈，肯定很拉风。"

我翻完了自己的所有白眼，就像老男人碰到娇妻撒娇说，自己想要个爱马仕铂金包，明明知道这种东西根本不派什么用场，最后也只能微笑着说："你喜欢就买呗，不过我觉得你可以去换辆更好的车。"

不止一次，我跟蒋南说："如果我们结婚，我一定是那个出去拼搏的女人，你会变成全职奶爸吧？"他嘿嘿一笑，说："我觉得这样没什么不好。"

这个曾经，也算跟我梦想过将来的男人，躺在我的床上，用一种急切的口吻宣布："我可能要被处分了。"

"什么？"

他像二十年前被老师教训又不甘心的小学生，几乎是嘟着嘴说："唉，倒霉，做错了点事。"

"到底什么情况？"

几经追问之下，我知道了事情的原委。英俊又潇洒的蒋南同学，几天前参加单位团建，正值二月第一股春风袭来。那天是我新年后第一个加班日，这边我热火朝天地加着班时，又一次恢复单身的前任男友，在大巴车上，一眼瞄准了一个穿着黑丝袜、小短裙的年轻小女生。蒋南说到这里，又皱了下眉："唉！你说，大冬天她穿成这样，明显就是想别人撩她对不对？"

我从床上爬起来，走到五平方米大小的厨房，准备烧一壶热茶，驱驱心里的寒气。一个几分钟前刚刚接过吻的男人，在跟我讲他和另一个女人的故事，无论如何，我似乎做不到饶有兴趣。

“然后呢？”

“然后我们一路都聊得很开心啊，两小时的路呢！后来我就加了她微信，后来莫名其妙，昨天她跟我老板说，我骚扰她。”

“等等，你只加了她微信？什么也没做？”

蒋南眼皮垂了垂，说：“具体我做了什么就不提了，反正我真没把她怎么样。”

“你到底做了什么？”我打算刨根问底，不放过一点细节。

他终于像下决心一般，说：“我摸了她大腿，唉，你说这事倒霉不倒霉？当时我们坐在大巴上，她就在我旁边，一副笑得很开心的样子。我觉得她肯定喜欢我，就用微信问她，可以摸你大腿吗？她没回，就看着我笑，我就摸了呗。

“今年第一只黑丝嘛，我看见穿黑丝的女人就是会这样嘛。”蒋南对我撒起娇来。

我忽然忍不住哈哈大笑：“什么，你因为摸了一个女人的大腿，被她截屏报告上级，所以你团建到一半，就被临时叫回来？”

蒋南眨眨眼睛，又把头埋进枕头：“就是这样的。”

哈哈哈哈，我竟然爱上了这么一个傻×。

哈哈哈哈，原来三十岁的第一个月，最惨的不是分手，也不是分手后男朋友来找你，更不是男朋友来找你并不是为了挽回你。

而是，我接下来要问的这句话：“你来找我，是等下有事吧？”

蒋南大概没了扯谎的力气，歪在床上承认，他领导约了他下午两点谈话，他实在不想赶回郊区的家，再跑到市中心来。

怎么办呢？只能到永远会原谅他的前女友家里，舒舒服服地躺上几小时，等待领导的召见。

我想这辈子都没努力过的前任，最害怕的一件事，大概就是丢掉工作吧？

跟我们这些廉耻心过强的女人不同，他可不想拼搏出什么不一样的人生，只要能继续原来的人生轨道，就是有惊无险。

大概是担忧了一夜该怎么办，蒋南很快睡着了。不得不承认，他睡觉的时候依旧很好看。

洗完澡、吹干头发，跟往常一样，我钻进被窝，贴近他。跟往常一样，他用惯常的手势抱住我，几乎是无意识的在我额头上轻吻一下，喃喃道："宝贝，我爱你。"

该死，心里突然有种融化的感觉。当二月又恢复严寒的面貌时，我想象不出，在一个周末的早上，有什么事情，能比躺在一个男人怀里更惬意？

像一个冻极了的人，即便是一床爬满虱子的毯子，也比一无所有强，对不对？

2 如果我失业了，你能不能养我？

我叫陈苏，今年刚满三十，年前被升职为一家广告公司的内容总监。在三十岁的第一个月，一个阳光正好的周末，睡在我床上的男人，要求我回答一个假设性问题：如果你的下属，不小心摸了实习生大腿，然后上报给你，你会怎么样？

我努力装出一副认真思考的模样，吹了吹刚泡好的Lady Grey经典红茶，心想如果有两块英国产的小饼干来配该多好。森茉莉说的那种正宗英国饼干，又硬又脆，并且要适当薄一点。嚼饼干的时候，饼干要有口感，云母状的细粉末要散落在胸前或者膝上。饼干要有优质面粉的味道，还要有一点牛奶和黄油的香气……

蒋南只睡了一小时，醒来时发型和脸都皱了，看上去有点可怜巴巴。他说老板约他两点见面，他不知道该用什么方式谈。我先换了种公事公办的口吻，说："这个时代，没人在乎作风问题，我想你老板更伤脑筋的是，三十岁的你，怎么还能搞出这种事情？他的工作量因为你伸出去的咸猪手，一下子增大了。他要思考，这事到底该往大了处理还是往小了处理，如果他压下去，那个不知趣的小姑娘会再上报领导吗？如果他处理你，不就证明当初他培养你是个失误？”

这时候他反而不以为然，开始说：“嗨，我们单位里多的是狗血，大老板每个月都换女朋友。我一同事上个月出轨了，老婆刚来闹过，他吓得最近都没来上班，我这个应该不算什么吧？”

我附和他：“是啊，应该没什么。”

其实我真正想说的是，如果有这样一个下属，老板怎么会开心得起来？你连摸个女孩大腿都要上面给你擦屁股，如果这个人是我的下属，我一定会想：这是一块无法拯救的废物点心，不仅没什么用，还碍手碍脚。谁会跟这种麻烦的人做同事，这是私企做法，但是蒋南在的事业单位不一样，为了证明自己选的人没错，老板只好帮忙先兜兜风。

找了一通理由后，不知道是不是意识到我脸色有点难看，他忽然又发起誓来。像小学生一样，说着以后绝对不会了，这回不过是因为今年的春风，吹得实在太早了一些。

话锋一转，他忽然说道：“喂，我要是被辞退了怎么办？阿苏，你说我该怎么办啊？刚过完年，到哪儿去找工作？”

三十岁另一个铁律，如果过了三十，还没猎头找上门，需要自己找工作，那无非证明，上一份工作是这辈子做过的最佳工作。

面对正在经历着人生磨难的男友，我脑海中忽然涌出一股英雄气概："怎么办，我先养你呗。"

"阿苏，你这么好。"蒋南好像垂死病中惊坐起，想要给我一个拥抱。我摆摆手，示意不用了："先说好，只包你三餐。走吧，我们先出去吃顿好的，你看你吓得这副样子。"

蒋南对吃很讲究，他人生所有的热情大概都浪费在食欲和性欲上。一个别无所求、只追求自己开心的闲人，倒也不错。他常跟我说："阿苏，你就是对自己太凶，该享受还是享受，别整天只吃那种干巴巴的三明治。"

我永远无法理解，一个人花上一小时去排队吃一顿美食，或者花两个小时做一顿二十分钟吃完的饭。食物对我来说，只是一种简单的满足。工作日午餐，我一般只买一份鸡蛋培根三明治；在需要减重的日子里，只吃一份蔬菜沙拉。跟蒋南交往半年，他无数次提过，这种沙拉，不如我从家里做了带给你。

当然，一次都没有。暖男分两种，一种什么都会做，但是因为长相不佳或者收入不高，永远放在备胎选项。一种什么都会说，但是因为说说就可以哄女人开心，所以说的大部分都不会做。

他说他婚后一定会是个好男人，绝不会出去乱玩。"哔——"对不起先生，你婚前就乱摸小姑娘大腿，婚后就能变成坐怀不乱的"太监"？

他说其实他最喜欢做的事，就是待在家里收拾东西，喝茶看电影。"哔——"一般喜欢表明自己清心寡欲的，一定是因为做不到才频频说起。

以三十岁的理智，我从没把蒋南放在正式男友这个选项。当然有时候情感压倒理智时，又忍不住想想，何必这么认真呢，人生这么短，找个看得过去的、顺眼的男人，一起吃吃饭做做爱不就够了。男女之间无非三件事：吃、聊、睡。三件中有两件可以统一，已经是压倒性的胜利。

可惜我跟蒋南，至今为止，只有睡这一件事，最合拍。

在五百米范围内能找到的一家最好的日料馆，蒋南毫不客气地点了一个刺身拼盘。他当然知道，我不吃生食，但他会说：“哎呀，你可以尝尝嘛，这个海胆对身体很好的。”

吃着吃着他忽然说：“唉，我出了这种事，你居然还对我这么好。阿苏你真是个好女人。”

我有种忽然清醒过来的不可思议。是啊，我到底怎么了，一个一直不停说爱我的男人，去摸了别人的大腿，照道理，是该打他一个耳光的吧？

为什么就是下不了手呢？是不是真的跟男人看到美女的脸一样，忽然心就酥了，信用卡拿出来，说：“随便你刷嘛，宝贝。”

我发现只要我转头不去看蒋南的脸，智商就能恢复正常。再回想一下整个事件，为什么小姑娘本来聊得好好的，忽然隔两天后要去上报领导性骚扰？我的视线停在眼前的鸡肉烤串上，立刻有了一个饱满多汁的真实答案。

“你知道为什么小姑娘聊得好好的，要去举报你吗？”我把头转向蒋南，他刚跟人结束一通电话，像祥林嫂一样，描述了自己受的这番委屈：忽然被中断的团建，有可能面临的处分，更有可能失去的工作，只因为他一个小小的失误。蒋南对着电话那头强调：“啊呀，我最近肯定是走背运。”

“不是背运，肯定是因为你今天跟人家聊得好好的，好像第二天就会约她吃饭聊天，然后进一步确定男女关系。结果，你肯定什么都没做吧？你非但什么都没做，甚至第二天就把她忘到一边。第一第二天，她还在做梦以为你只是忙；到第三第四天，她终于明白，你只是完美地调戏了一下她，根本不是爱情。她这么年轻又漂亮，哪里受过这种侮辱，当然索性告你一下得个痛快。”

蒋南吞完嘴里的三文鱼：“你怎么知道我什么都没做？”

我再次盯着那串鸡肉烤串：“我又不傻，我还知道，你不联系她，是因为你最近在跟别人交往。那个我每次跟你分手，你都可以为之hold住，不来找我的女人，对不对？还是那个你出了这种事，不敢去告诉她的女人。小姑娘对你来说，就是二月春风里的一条大腿，摸到了任务就完成了。我对你来说，是绝对没结果的一个女人，你愿意什么都告诉我，因为你既不怕失去我也不怕得罪我。”

蒋南以一副看着福尔摩斯的样子看着我，说：“阿苏，三十岁的女人果然厉害啊。自从跟你交往后，我觉得那些二十岁的姑娘真的好蠢，什么都没你好。没你有气质，没你有品位，最重要的是，没你聪明。”

他妄图以甜言蜜语来说服我，但我并没忘了那个没出现的女人。把烤串吃完，我平心静气地说：“好了，说说吧，那个你在乎的女人，是什么样的对手？我还能赢吗？”

有一种母亲是这么做的，小孩做错事后，她不发火也不打人。她摆出绝佳的慈母面孔，变成小孩最好的朋友，试图了解到孩子内心最隐秘的世界，就像打入犯罪团伙的卧底，随时准备给敌人致命一击。

我不知道为什么忽然变得这么低，以卑贱的样子向男友打听情敌的状况。可那一刻，就是想知道啊，拼命想知道是个什么样的女人，值得他这么重视，值得他拿出不一般的待遇。

女人贱起来，分分钟就回到清朝。忽然，我这个一直以独立女性自居，骄傲自负的三十岁成年女性，变成后宫里一个因为失宠而丧失理智、想着要去哪儿弄点鹤顶红的女人：妈的，那女人是谁，奸夫淫妇，看我不毒死你们。

蒋南这样的暖男，最会看人脸色。他温柔地抱住我的肩膀，又轻吻我一下，才说："宝贝，我现在心里只有你。我才明白，只有你对我最好，以前都是我的错，以后我们好好在一起吧。"

吃完饭目送他消失在去单位的路口，我直接打车，去梅龙镇广场一层祖马龙专柜，买了一瓶海盐鼠尾草香水。然后拍照发消息给好朋友胡容："我输了，什么时候来拿你的香水？"

不到一小时，胡容穿着她的驼色大衣，伴随着二月的一阵妖风，直接出现在南京西路最热闹的一家星巴克。我递给她一杯咖啡，手握属于自己的一杯，两个人一起戴上墨镜，又一起走出咖啡馆。去星巴克买不加奶大杯美式是一个成熟女人的基本动作，但坐下来聊八卦，可就跟那些借着咖啡馆暖气织毛衣的中年女人没什么不一样了。

胡容一路接受着周围男人瞻仰的眼神，趾高气扬走得飞快。她的名言是：男人这种生物，你越看不起他，越能引发他的斗志。

上个月正式三十岁生日时，我采访胡容："三十岁到底是一种什么样的感觉？"

胡老师很刻薄地说："三十岁啊，你自己的感觉不重要，但是，赢很重要。中年就是个势利鬼横行的世界，除非你赢，不然做什么都可笑。"

胡容想要赢，所以从头发根到脚尖都打扮得很妥帖。蒋南见过胡容后，偷偷跟我说："这女人看起来好厉害啊。"胡容见过蒋南后说："我还以为是什么人间绝色，就这种江浙沪包邮区平均长相，也值得你要死要活、一见倾心？"

在胡容眼里，蒋南就是个鸡贼的小男生。他第一次跟我和闺密们吃饭时，忽然用那种小男孩的口吻说："姐姐们，我先干一杯。"胡容使劲儿跟我翻白眼，暗地里说："真会占你便宜，就比你小两个月，姐姐姐姐喊着，还不是想你照顾他。"

在一家商场里，一边逛街，我一边跟胡容讲了上午发生的这件可笑的事。她跟我的反应一样："如果自己手下有这么个会来事的哥们儿，总要想办法斩草除根。"

"可是做男朋友又不一样了。"我说，"你知道的，有些男人虽然渣，可是基础设施好啊，嘴甜，床上很棒，每天都能哄得我很开心。"

胡容打了下我的头，问："你刚才真的很高兴？"

"当然不。"

胡容说："对啊，这种男人，你当炮友就好了，我拜托你不要真的去养他好吗？那是富婆干的事，不是你这种连房子都买不起的女人该干的事。”

说完，她招呼服务员说：“哎，这双靴子我要了，今天有折扣吗？”

胡容有一个多功能线程处理大脑，任何事情，在她看来都有条不紊，任何阻挡她开心快乐活下去的事情，她都要第一个消灭。她就是那种口口声声“老娘活到三十岁，难道要为了你难过，为了你不开心，为了你睡不着”的女人。

我其实有点想不通：“三十岁，有那么重要吗？”

胡容斩钉截铁地说：“当然，这意味着你已经彻底告别自己懵懂的青春期，从此只能一路高歌猛进。”

我更想不通：“可是《BJ单身日记》里的女主角三十二岁，《欲望都市》里所有女主角都超过三十岁，她们也经常伤心流泪的好吗？”

胡容翻个白眼，一脸恨铁不成钢的样子。她一边用信用卡刷了一双三千多的靴子，一边说：“那是电影，电影最重要的一点是什么？罗伯特·麦基说，首先不要让你的主人公过上好日子。必须悲惨，必须惹人同情，必须叫你觉得原来这个人这么惨都能找到白马王子啊。现实生活是什么，是小姐你现在过了三十岁，只要分手、单身，人家都会觉得，你这个女人，好失败啊，连个男人都搞不定。”

胡容是一家影视公司的项目经理，每天工作是看各类剧本大纲，其中80%跟爱情有关。客气点讲，她熟悉有关爱情的所有套路；不客气点讲，恐怕工作摧残了她做梦的权利，我从未见过任何一个比胡容更现实的女人。

血拼结束后，我们走到一家因为到了饭点而冷冷清清的咖啡馆。三十岁女人都有这样的默契，丰盛的富有蛋白质和碳水化合物的晚餐，只能牺牲给最值得的男人。女人和女人之间应该有这样的自觉，为了明天早上的腰身，晚饭务必清减再清减。

点完一份田园沙拉、一壶热茶后，我毕恭毕敬地从包里拿出鼠尾草香水，相当困惑地问道："不太像你的风格，这款香水闻起来这么没女人味呢？"

胡容拆开包装，在手腕处喷了两下，不以为然地说："这款是单身狗必备，号称喷上就有男朋友的味道。我啊，忽然觉得谈恋爱真是没意思，男人也没什么意思，想清净几个月。"

我也拿来喷了两下，是一股完全不甜腻的、令人心旷神怡的坚硬之风，于是戏谑地回道："我懂，就像武侠片里的大侠，有一天打遍天下无敌手，只因觉得寂寞，突然想要退隐江湖对不对？"

胡容吃着碗里的"草"，点头说："大概是吧，看到一个男人的第一招，已经能够想到他的下一招，真的太没劲。"她拿出手机，点出一个对话框，指着里面那条"在你楼下吃消夜"说："你看，无聊吗？是不是想要我像女大学生一样扑出去，欣喜地回答'你怎么会来这里'。我，一个吃沙拉都不蘸酱的女人，居然想用吃消夜这种招数骗我出门，他以为他是谁？王思聪？可以拉着网红吃路边摊？"

我拜了"武林高手"一拜，继续忧愁："蒋南这种男人，是不是跟高热量的垃圾食品一样，在一起的时候好开心，吃完了才发现害处多多。可我就是忍不住想吃啊，越想控制自己就越想他。这跟减肥的时候特别想吃巧克力蛋糕一样吧？"

胡容点头："是啊，如果你不停地吃下去，最后除了肥胖和容貌尽毁外，一无所有。你现在说要养他，就等于《BJ单身日记》里的她在家酗酒吃比萨，刚开始没什么，喝到一半悲从中来、号啕大哭，原来你是这么惨的女人。如果能拿花花公子当成人生偶尔的放肆，那是好事，拿来当共度人生的对象，那是脑子坏了。"

花花公子发消息来，说他得到处理意见，停薪留职一周，他先回家休息休息。

我拿给胡容看，让她分析一下，胡容轻蔑地摇头："像他这么缺乏安全感的男人，恐慌的时候，一定会死死抓住一个女人，既然抓住的不是你，那应该是另一个女人吧。"

"什么样的女人？"

胡容再次以戳我一刀的姿态说："我想，应该是个跟我们差不多年纪的女人。小姑娘背不了这么大的锅。但是，这个女人，应该比你有钱。你知道依我对男人的见解，如果长相是他唯一的优势，他最想找的，一定是一位实力雄厚的女性。"

我当然不甘心，决定跟胡容提一个无理要求："喂，你陪我去看看好不好？"

3 人生总要有一次捉奸

胡容开着车，我坐在旁边，在周日傍晚的人流中，朝郊区飞驰。

去之前，她提议，既然是捉奸，我们回去换身运动装再去吧。我想了想，能不能把你的Burberry大衣借我，最好再加上你新买的那只Faye包，看起来好歹有贵妇风味。

胡容以一种“你脑子坏了吗”的语气，不容置疑地拒绝我：“大姐，你去捉奸啊，捉奸只在乎你男人是不是跟别人滚在一起。这种时候，人家会看你穿什么衣服、挂什么包吗？”

“可是，这个点过去，其实就是去看看，蒋南有没有骗我而已。万一他真的只是累了，在家睡觉呢？那我就买点吃的带过去吧，没人的话，就说过去关心一下他。”

胡容笑眯眯地说：“你打算如果他家没人，就在他家过夜是吗？你怎么不回家把洗漱包带上。

“陈苏，你知道你最大的毛病是什么吗？

“是对男人耳根子太软，只要跟别人睡一觉，你就什么都答应。就跟有个电影里说的一样，你中毒了，陷进了他们的诱惑沙漠，一点都不记得自己想要什么。”

“我想要什么？”

“男女关系里最重要的是什么？呵呵。”胡容忧伤地笑了笑，“我不知道你最看中的是什么，但如果我跟一个始终没办法从心底尊重我的男人在一起，我只想甩他一个耳光，叫他滚。他背着你搞别的女人，搞坏了还跑来你这里找安慰，当你是什么？你就是他的垃圾情感回收站。”

车里暖气很足，以至于我一阵面红耳赤。我受不了了，我想叫胡容停车，混蛋你敢这么羞辱我，我他妈的活到三十岁也不是为了听你教训我。

胡容继续说：“真话很难听是不是，想跟我翻脸是不是，觉得在我这里没面子很丢人是不是？陈苏，要不是看在我们一起合租过房子，做过最好的室友，我何必跟你讲这种得罪人的话？”

我又像清醒过来，知道胡容说的都没有错。蒋南最差劲的一点，不是不上进，也不是不够爱我，而是他从没有真正尊重过一个女人。他以为只要说点甜言蜜语，女人就成了蠢得可以随意摆布的玩意儿。

车停到蒋南家小区楼下，已经是入夜时分。胡容靠在椅背上，跟我说：“答应我，不管男人多好，你这辈子都别住这么偏的地方。可怕，不堵都要一个半小时。市中心这种地方，一旦搬出去，可就再也回不来了。”

我给蒋南发了两条信息，问他吃饭了吗，心情怎么样，他统统没回。放在以前，他一定会在第二天告诉我，昨天真的太累了。

但现在，他家三楼的窗户，折射出相当温馨的灯光。胡容问我：“你来这里住过？”

我点头，住过那么两次吧。有次蒋南提议：“你市区的房租这么贵，不如搬来我这里住。”我当真搬了点衣服过去，但没两天就吵了一架，又心酸地搬出来。这种丢脸的事，还是不要说给胡容听。

她又问我：“你打算怎么样，直接杀上去狂敲门，还是在楼下彻夜埋伏？”

我有点蒙，完全不知道该怎么办，只能请教胡老师：“换了是你，会怎么办？”

她回忆起七八年前，一次在路上，碰到男友和另一个女人在一块儿亲热，没来得及动作，对方不见了。于是那天半夜，她跑到男友家楼下，夜宵摊上，叫了一碗小馄饨，加了五块钱，叫老板加满辣油、酱油、麻油，然后赶紧捞起来，老板说“小姑娘还没熟呢”，胡容说“要的就是不熟的”。敲开门，一碗滚烫的小馄饨泼到开门的男人身上，男人叫了两声，她就跑了。

“好厉害，你不怕警察捉你？”

胡容道：“捉就捉呗，我泼我未婚夫一碗馄饨怎么了？话说你现在打算怎么样，也泼他一碗？那我现在出去打包，热热地泼上去，保证你浑身舒爽。”

可是我今年毕竟三十岁了，不是你当年的二十出头，这种事，我好像做不出来。再说，泼他碗馄饨我就开心了？我只想让他后悔，妈的你居然没选我。

于是我打算光明正大地来，给蒋南又发了一条微信："我现在过去看你吧，去你家过夜？"

蒋南依然没有回，不可能是没看到手机。我打算给他二十分钟。二十分钟后，不管怎样，都要敲响他家的门。

胡容递给我一瓶矿泉水，我们在车里听着一首歌：*Do You Want the Truth or Something Beautiful*。真是应景，为什么女人有了甜言蜜语、山盟海誓后，还是想要丑陋的真相？

明明爱情就是一场巨大的幻觉。

胡容摇头："爱情可以是幻觉，但生活不会是幻觉，你跟这个男人在一起经历的全部，都不是幻觉。你下午刚承诺要养他，结果他背着你找别的女人，你是不是傻？"

十五分钟后，换过一身行头的蒋南，牵着另一个女人的手从楼道里出来。胡容急忙熄火，我和她同时滑到座位底部，蒋南和女人从我们面前走过，他还说了句："哇，看来我邻居买新车了，不错嘛。"

那女人回应："奔驰 C200 嘛，三十万而已，一看就是你们小白领装大款用的。"

胡容表情很复杂，朝我比了个中指。

听到车发动的声音，我的视线跃过车窗，看到蒋南果然傍上了大款，一辆宝马 X5。

我输了，输得心服口服。

胡容在捉奸事件后，有过一个经典点评，她说："以前的老电影，只要编剧是男人，一定会有穷男人被女人中途抛弃，后者喜傍大款的故事。穷男人一时受了刺激，立刻发愤图强，这时候就会有个默默扶持、善良朴素的女人，过来跟他一起含辛茹苦、白手起家。

"你说惨不惨，明明女人只是选了条光鲜亮丽的路，就能被直男记恨上一辈子。"

我一时没听懂，说："这跟蒋南有什么关系？"

胡容说："其实这世界上没什么始终如一的男人，也没什么始终如一的女人，有的只是想越活越好的人。蒋南为什么选你？因为你月薪是他的一倍，你们出去吃饭从来不用他买单。现在他找了一个不用靠月薪吃饭的女人，还有豪车代步，你说他是不是傻，才来选你？这种男人，是没有爱情的，他从小就习惯了别人爱他，只看哪个女人给他最多，他就觉得自己该爱哪个。"

连续好几天，我沉浸在一种"原来自己并非想象的那么成功"的阴影中。事实如下：三十岁时，我竟然因为不及另一个女人有钱，拱手相让了唯一的男朋友。这时候唯一需要做的事，大概就是打开银行账户，看看还有多少余额。

账户没有任何值得惊喜之处，只有上个月的工资，因为加班太多，这个月还没来得及花。房租、交通、打扮、社交，差不多占去了大半，我一定是整个上海滩唯一没有在理财的女人。一想到要把自己熬夜加班赚出来的钱，投入另一种风险中，我就夜不能寐。

里尔克有句话，最能形容这种生活：哪有什么胜利可言，挺住就意味着一切。

哪有什么闲钱可言，没欠信用卡，已经是最大的胜利。我表姐张小菲曾对此有过精彩点评："这就是为什么一个女人要结婚，这是让你永久摆脱贫穷的最佳办法。"

这个社会不知道怎么回事，每当一对新人结婚时，恨不得给他们一麻袋的钱花。每个人都要送钱，每个人还送得不少，一边递红包一边说"早生贵子"。那副样子简直就像我现在送你们一份生殖基金，尽情做爱去吧。

可全世界大部分已婚夫妻根本没什么性生活，这根本就是结婚诈骗。

表姐说："那你为什么不参加这种诈骗？结婚而已，不开心可以离啊。"

我想我现在终于有了一个可以理直气壮公布的答案：人到三十还没结婚，毫无疑问，是因为太穷了。

一个独立女性，又怎么可能打着摆脱贫穷的旗号，跟男人结婚？谁要受这种委屈？我最好跟那些老派电影里被女人抛弃的男人一样，忽然从梦中惊醒，开始努力奋斗。然后第二年站到纳斯达克敲钟，在街头开着兰博基尼偶遇蒋南："嗨，你好哇，跟那个开宝马的女人怎么样了？"

不过应当指出的是，如果年纪大有什么长进，那就是除了脑内小剧场外，我整个人既没有崩溃也没有溺死在酒精里。我还跟往常一样上着班，除了不停地暗示老板："最近很缺钱，给我点大案子做做好吗？"

老板果然扔给我一个案子："一辆新上市的经济型轿车，想主打年轻人恋爱定位，你想个策划案出来吧。"

"多少钱的车？"

"69999。"

我一时有点绝望，坐在七万不到的车上，能谈出什么样的恋爱？脑海中涌入前两个月坐在蒋南那辆小车上的场景，那时我以为爱情或许的确不需要多少钱，因为那时不管去哪儿，我都很开心。

那天中午，我跟往常一样，打算步行二十分钟，到一家有点距离的法国面包房买三明治。倒也说不上多么好吃，但疾行三公里买到的三明治，坐在店里的简餐桌上一口咬下，总觉得不负此行。可能因为付出了吧，就坚持这份午餐是美味。

那家店有着大大的玻璃窗，我曾经带蒋南来过，还刻意跟他说明，这里的食物你不一定会喜欢，因为说到底，不过就是蔬菜够新鲜，面包够松软而已。果然，他觉得不如吃一碗咖喱牛腩盖饭更暖肠胃。"大冬天的，为什么要吃这种冷冰冰的东西？"

这回透过玻璃窗，我忽然又看到了蒋南，旁边无疑是那个开宝马X5的女人。这回我终于看清她的背影，一头黄发，穿着一件今年冬天最时髦的黑白花纹皮草外套。

在玻璃门前我犹豫了两秒钟，该不该推开？情急之下，我还是赶紧后退，继续往前走。如果胡容在，一定会微笑着走进去，像没事人一样，对着她的前男友打声招呼，也可能去隔壁兰州拉面店打包一份热乎乎的拉面，在看到男友亲吻对面的女人时，适时从他头上倒下去。

我做不到，就算强硬地安排自己站在里面，一定会不停颤抖着嗓音，然后像被线牵扯起嘴角一般，送上一个僵硬的微笑。在一部老电影《当哈利遇上莎莉》里，男主角在家具店偶遇前妻，后者带着明显高富帅级别的现任，用一种"幸亏我离开了你"的神情跟前夫打招呼："嗨，你过得好吗？"

能气定神闲说出这种话的人，不用说，一定过得蛮好。

在二月寒冷的北风里，我傻乎乎地又走了一公里，努力思索着这么一个问题：偶遇前任时，到底该如何挽回面子？

答案只有一个：我需要一个男人，一个比蒋南高、比蒋南帅，最好看上去还比他有钱的男人。

恨不得马上在大街上抓到一个这样的异性，像电影里一样，甩出两百块说："想不想做一把临时演员？"

我当真搜索了好几个男人，这才发现，其实大街上比蒋南出色的男人并不多。大部分男人都穿着灰扑扑的大衣，顶着一头乱糟糟的头发。他们大概认为打扮只适用于不学无术的女人，何必耗费那个苦心？

情急之下，我拨通胡容电话，告诉她："江湖救急，在常去的法国面包店碰到了蒋南和宝马女人，怎么办？你能不能想办法借我一个男人，撑撑场面？"

4 你一定不是真的爱我，你都没为我发狂

二十分钟，只需二十分钟，我就在附近的地铁站口，碰到从胡容处借来的男人，她的手下，一名集高大英俊潇洒于一身的男人。而且最关键的是，他显而易见的年轻，让我实在有点不好意思。

这个男人跑上来自我介绍："你好，陈苏是吗？我是胡容的同事，我叫曾东。"

不愧是胡容，居然能安排出这种电影剧情。于是我就像那些倒霉电影中倒霉极了的女主角，如获至宝一般，感恩戴德地点着头："嗯嗯，是的，谢谢你能来。"

这个年轻人递上手里的袋子说："胡老板觉得你应该需要这个。"

我一看，是她的Burberry大衣，当时心里想的居然是，为什么不干脆嫁给胡容呢？她除了性别不是男的外，其他每一点都是我想

要的男人啊。

快速换上大衣，又快速赶往那家面包店，或许蒋南早就走了，可那又怎样？现在我身边站的男人，我身上穿的大衣，都更接近想象中的三十岁女子，过着那种可以趾高气扬、扬眉吐气的生活。

救场王子曾东在去的路上问我："你看，你需要我怎么配合你呢？"

我有点犹豫，怎么配合，一只手拥抱我？这种陌生人忽然爆发的亲昵，太过虚假。那么搂着我的腰？也有点太不自然。

"啊，你能不能……对不起啊，我想你扮演成那种热心的追求者，抢着帮我买单，帮我拿大衣，关键是眼神，要用热情的眼神一直追随着我。怎么样，会不会太过分？"

小男生笑得很可爱，说："不会啊，好的，没问题。"

之后发生的一幕，或许是我这三十年平淡生涯中，较为刺激性的一刻。

首先，推开面包房的门时，我看到蒋南坐在角落那一桌。我当然装作没看见，热情地跟小男生介绍："你吃鸡肉三明治吧，我最喜欢吃他们家的鸡肉三明治。不过今天太冷了，想吃热热的培根鸡蛋三明治。"

然后适时地转过头，像在找位子一样，搜寻了一圈。再然后，看到那位满身毛的女士，正在热情地往蒋南嘴里送蛋糕。嚯，好甜蜜，看来正在热恋期。

干脆利落地走过去，曾东跟在后面，我明显能感觉到好几个女人的眼光望着这边。我顿时更加自信，身体不再颤抖，步伐也不再错乱，打了一声招呼：“蒋南，你怎么在这儿呢？”

蒋南真是老江湖，这种场面，他竟然没有惊慌，甚至几个小时前，他还给我发过早安微信，叮嘱我今天降温要多穿点。面对我忽然从天而降，他居然没有什么触动，淡然地说：“来吃饭啊。”看到我身后的男人，他才说：“这是你朋友吗？”

我抓起小男生的胳膊说：“对啊，一起来吃饭。”同时看清了宝马女的面貌。果然，也是三十出头的女人，只是品位这么糟糕，浑身上下都是最时髦的打扮，反而有种不入流的感觉。我是说，长毛外套配皮裤，这女人真的穿得太暴发户了吧？

这么有钱，难道不能穿得稍微优雅一点儿？

曾东在我耳朵旁边轻轻问了一句：“要在这里吃吗，还是打包带走？”哎，真是恰到好处，有礼貌又令人羡慕的亲昵，他身上的香水味怎么这么好闻？

在不知道该怎么回答时，我都会把问题扔给对方：“你说呢？”

他说：“带走吧，不然你下午要迟到。我陪你走回去。”

和蒋南挥了挥手，示意我们先走。有那么短短一瞬，从转身到离开的那几十秒钟，我仿佛变成莫泊桑《项链》里，因为借到项链而忘乎所以快乐着的女主角，认为自己漂亮、时髦、迷人。最好走到门口的这条路，长一点再长一点，让所有人艳羡地看着我身上的名牌大衣，以及身边始终用爱慕眼神看着我的年轻男人，就像一记漂亮的回旋踢，踢向蒋南——去死吧，吃软饭的小白脸。

但一打开门，二月特有的寒风吹过来时，刚才的幸福，就像十二点后消失的魔法一般，荡然无存。

因为大衣和男人都是借的，不得不承认，在这个时代，想从灰姑娘变成公主，其实真的没那么难。如果功夫做足，我甚至可以去租一辆时髦的跑车，停在这家面包房门口，耀武扬威地跟蒋南展示一下：呵呵，有什么好得意的，找个有钱人还不简单吗？

可表面功夫再好，不过是只住在下水道的城里老鼠，即便坐拥一整座城市的繁华，这些繁华却跟我一毛钱关系也没有。

在寒风里沉默片刻后，我才想起来，旁边还有个尽职尽责的临时演员，连忙道歉："啊，对不起，我刚才正在回味自己有多凄惨。"

我想他的年龄应该不超过二十六岁，皮肤光洁，好像一个刚剥过壳的鸡蛋，笑起来居然还有两颗虎牙，那个词怎么形容来着，粲然一笑，跟我说："我以为你刚才很痛快，看你的表情就像彩票中奖一样耶。"

好吧，这句挖苦听起来为什么还蛮好笑。

但即便是假英雄，也要好好谢谢人家。我一生中都梦想着在街头遇到前男友时，能带着一个英俊的帅哥解围。这个梦想真的实现时，似乎也只有"原来不过是这样"的感受。

从钱包里拿出两百，递给他说："今天谢谢你啦，打车回去吧，不然下午上班要迟到了。别陪我走了，我一个人回去冷静下，剩下的当我请你喝杯咖啡吧。真的谢谢你来，有机会我再请你吃饭。"

曾东接过钱，一点儿也没推辞，就在路边拦了辆出租车："好哇，谢谢你。"

说实话，我就喜欢年轻人这种一点儿不推辞的劲头，好像他们绝不会浪费一秒钟在虚伪这两个字上。

“陈苏，你等等！”上车后他又跳出来，腿怎么这么长，一步跨越到我面前。怎么了，难道对我一见钟情，要当场求爱？

“啊，对不起，胡老板说完事了把大衣还给她，不然她回家得冻死。”

“噢。”在马路边狼狈地脱下大衣，我想以后最好都不要再见这个年轻人。有时候人难免希望把羞耻的回忆像冰砖一样冻起来，然后挑个天气炎热的时候，一口口全部吃掉才好。

不过，转身回到寒风里，心中还是发了另一个毒誓，下一个冬天来临前，务必要去买一件Burberry大衣，果然两万多的衣服，披在身上一点儿不觉得冷。对于一个时刻需要单打独斗的女人来说，没什么比一件全能保障型的战衣更值得投入了，特别是像我这样，刚刚因为爱情掉了一层皮的女人。

失恋后最好的遗忘方法是什么？当然是变身工作狂，再没有比把悲伤转化成生产力这么赚的事了。我把自己的生活安排得像一名国务大臣，每天挤出四十分钟跑步，再像名媛一样，洗澡按摩四十分钟。做完这一切，刚好能在上午十点二十分，焕然一新出门，赶上十点半打卡。然后，一路工作到晚上十点，回家，瘫成一块软泥，除了卸妆，没有任何力气。

蒋南用微信找过我两次，一次找我喝咖啡，我说出差去了；一次像没事人一样，说“给你送盆新买的铁线蕨怎么样”，我说出差还没回。实际上这样的男人本来该一站拉黑到底，但拉黑一个人，显得太在乎了对不对？真正的无视，是他明明躺在对话名单里，也已经没有一点聊天的欲望。

好吧，是骗人的。其实无数次，我会点开他的朋友圈，一遍遍翻看他有没有更新什么内容，一遍遍假设，如果只是单纯做个炮友呢？不行吗？难道一个成年女人就活该每天活得像个和尚一样？

胡容是这么回答我这个问题的："大姐，你这么想搞男人，麻烦你搞个新的，人品没那么差的好吗？我真的怕你为了睡一个男人倾家荡产啊。"

是，她说的一点没错。我一定是被性饥渴冲昏了头脑，才犹犹豫豫地想吃回头草。

有一天晚上，蒋南忽然又发了一通微信，我想那天他的宝马女友应该不在身边。他发的十分饱含深意，先问我："那天那个男的，是你同事吗？"我说："不是。"他说："长得不错啊，要下手吗？"

下手这种词，闺密说说知道是玩笑，但前任说，就显得一阵恶心。

我发了两个字："呵呵。"又发一句，"怎么样，跟新女友感情不错？"

看到对话框里，始终显示着"对方正在输入"。很久后，发来一条："阿苏，你其实不是真的爱我。如果你爱我，面包房碰到我们，就该当场跑过来，不管不顾地跟我接吻，当场宣布我是你男朋友。

"你敢不敢这么做？"

我退出对话框，向左滑动，点击删除按钮。

这就是蒋南想要的爱情。他是故意的啊，故意带着女人去我最常去的面包房，故意挑着我会去的时段。他就想看看我会怎么反应，也想看看新女友的反应，会怕吗？会抢吗？会斗吗？

所以他看到我身边居然带着一个男人，泰然自若地打招呼时，既没有偷吃被抓的尴尬，也没有想掩护的慌张。他是多么想靠这种狭路相逢来评判，我到底爱他有多深？是不是无论他滑向哪里，都会一把抓住他：“嗨，宝贝，你是我的，永远是我的。”

想明白这一切后，我只有“呵呵”两个字。

跟女孩的公主病一样，蒋南有深入骨髓的少爷病。游手好闲，流连花花草草，人生最爱就是看女人为自己争风吃醋，那样显得他是被人深爱的，重视的，独一无二的。

他这辈子都在等待一场狗血剧般的爱情，一个发了疯一样爱他的女人。

这个女人，当然不会是我。胡容说得没错，我们这样的女人，活到三十，最在乎的不过是脸面二字。男人远远没有自尊重要，即便所有人都说，真爱是让你可以放弃自尊的东西。

可为什么一个人要我爱他，就要我放弃自尊、跪到地上去爱他呢？

我一定不是真的爱你，我都没有为你发狂过。对着手机默念出这句话，我终于可以放心地把蒋南拉到黑名单，没有再联系的必要。

5 前途无量，说的就是你这样的年轻人

接连忙了两个礼拜后，抬头一看，居然已经是三月了。天气没有一点点转暖的迹象，但到底是春天了，马路上开始有一拨又一拨的春装新款。这一季的流行色是各种轻巧、薄嫩的颜色，薄荷绿、桃花粉，真是一个不负责任的春天啊。所有人好像都厌倦了去年秋冬那些坚固、强硬的黑白灰，要做一个轻飘飘的人类了。

春装这种东西，两个月过后不是放在打折柜台，就是被夏装抢了位置，所以买了就要赶紧穿。哪怕今天又降温，变回六七度，女人还是像不知情一样，穿着薄透的长款风衣出来招摇过市。

我继续穿着去年买的黑大衣，一点没有不好意思。女人失恋后一般都是这么一副德行，觉得自己再没有被爱的机会，上帝啊，最好谁都看不见我。

胡容去了北京出差，跟我分享了几张她和明星的合影。一个个

都像超市冷藏柜里的生鲜蔬菜，看上去生机勃勃，又有点打了膨大剂的样子。她私下跟我吐槽：“男女明星脸上的玻尿酸加起来，大概能毒死全国所有养鸡场的鸡。”

我一直嚷着，那天仗义相助，要请她吃饭。她闲下来后才说这事其实也是巧合。她看到我的求助短信时正好在茶水间，那时刚开完一个会，觉得好笑就问了问是否有人愿意去帮我。一般来说，上海男人懒得管这种闲事，但正好，就是有人喜欢看这种热闹。

我说：“那个小朋友看上去就是来看热闹的。虽然长得不错，但是那副很起劲看笑话的样子，唉，太让人受不了。就是那种鼻尖上溢出来的优越感，你懂不懂？”

胡容发了个很夸张的大笑表情。

我接着抱怨：“这种小男生，一看就是没吃过什么苦。好讨厌啊，你没事能不能给他点小鞋穿？让他早点知道人世险恶，多长点心？”

胡容发了三个笑到直不起腰的表情，发来的一句话让我很震惊：“你疯了？我给我老板穿小鞋？”

“Excuse me？他是你老板？”

“是啊，现在还不算老板，只能算平级。”

“可是他看起来是个90后啊！”

“他好像的确是90年出生。有什么办法，名校毕业，有钱人家的小孩，回国工作才两年，已经可以跟我平级。就是那种不缺钱还很努力的死小孩啊。”

每当这个时候，我都要哀叹一句话：“世界果然是不公平的。

“一个男人但凡优秀到这种地步，总是会有点缺点的吧？可能床上阳痿。”

胡容很尖刻地回了句：“哈哈，如果你试得到的话。”

三十岁的女人这点很讨厌，碰到一个可以称得上白马王子的人，跟小姑娘整天想入非非两眼放光不一样，是已经连做梦的勇气都没有了。相反，多的是自轻自贱的本事。

我陈苏是什么样的女人？一个三十岁因为没能上演狗血剧才努力抓住一个喜欢摸姑娘大腿的男人，结果在阳春三月，变成了可耻单身狗的女人。

就连蒋南那种货色，都有一堆女人围着他转，无法想象这个90后不差钱小男生的生活，酒池肉林吧？

必须承认，努力锻炼一段时间后，我发现这个世界能改变的事情其实很少。身高一米六四，体重一百斤的我，就算瘦到九十斤又怎么样？

那几天春天的风越吹越冷，晚上加班回来，只想吃点热乎的东西。

本来很多时候我都能忍住，告诫自己，食欲大门一旦开启，就没了说停的时候。但那天脚步一歪，鬼使神差地走进一家牛肉粉店。身体里的中国胃不满多时，终于起义：哥们儿你今天不带我吃顿饱的、热乎的，我就不过了。

行行行，吃吧吃吧。走进牛肉粉店，整整一家店，竟然没有一个女人，就是一家奇怪的、好像是给大胃口男人开的店。门口老板戴着小白帽，笑眯眯地问我：“吃点啥？”

我没有半点犹豫:“来一碗牛肉宽粉,唔,另外加一份牛肉,一份百叶。”

“牛肉锅贴不来一两?”老板殷勤问道。

啊呀,竟然用反问句,隐隐透着一股“不吃我家锅贴难道不怕后悔三十年吗”的意味。

“好吧,要一两。”

想起冬天还没来的时候,我陪蒋南吃过很多路边摊。穿着五千多的MAX&Co裙子,却被带去吃六块钱一碗的小馄饨,或者某家小馆子的叉烧肠。当时蒋南很认真地分享了他的价值观,你看我们都不是有钱人,平常就吃点便宜的呗,大餐等平安夜、情人节再吃。照例,那些节日他不是出差就是加班。仔细想想,我每一顿上点档次的饭,竟然都是跟胡容或者别的女朋友一起吃,谁请客都无所谓,手头紧时AA也正常。吃一顿法餐,一起喝酒,吐槽男人,然后再回家继续单身岁月,或者跟一个连日料都请不起的男人睡觉。

牛肉宽粉好大一碗,白色的宽粉,浸在红色辣汤里,上面错落有致地铺着白切的牛肉片,酱红色的牛腩块,绿色小葱和香菜,哇,真是一碗大写的食色生香。只见一股扑面而来的烟火气,用十五块人民币谱写出的一曲热气腾腾的生活。

这就是女人为什么不能跟恋人去吃小馆子的原因,在本该搞浪漫的年纪,男人却想让女人知道,生活无非是廉价的、热闹的、琐碎的。但是一个人来吃就不一样,用筷子夹着一大片牛肉送进口,满满肉香再加上一筷子筋道的米粉。原来一个人孤独在世,也可以有这么热闹的滋味。

锅贴上桌的时候，我才知道老板那副“你怎么能不来一份”的神情，跟上海滩寻常可见的猪肉锅贴的样貌不同，五只牛肉锅贴就像一串小香蕉，黄灿灿地摆在一只不锈钢小盘子里，一只足有两三寸长。我有一种癖好，任何淀粉类食物，都爱吃边缘那层坚硬的壳。以前看到别人把吐司边切掉做三明治，就觉得暴殄天物，怎么会有人把吐司最好吃的部分扔掉？要是吐司全是皮就好了。

所以一看到牛肉锅贴那个煎得略微焦黄的底，内心怦然一动，肯定是饿太久，怎么会有心动的感觉？一口咬下去，细碎的牛肉牛筋，饱含肉汁。整个人本来是一只瘪瘪的气球，一下子气打足了，说不出的振奋。

《孤独美食家》里那句台词怎么说来着，“能够不被时间和社会所束缚……”反正就是一个现代人完全沉浸在吃东西时，这一刻的随心所欲就是现代社会最大限度的自由。

没错，我陈苏买不起宝马X5，也买不起中环的一套房，还找不到男人结婚。可我却能吃着这美味的锅贴，辣乎乎的牛肉粉，还有一碟多加的牛肉和百叶。这一刻只有我在跟牛肉对谈，能吃到你，我觉得很幸福。

吃到一半，对面坐了个人。真是讨厌啊，明明店面很空，为什么要坐我对面？可能是那种闲得无聊的中年大叔。有一天半夜在一个便利店里，前面一个醉酒的秃头大叔忽然转头问我：“你开心伐，你头发这么多，你先买吧。”

果然对面的人搭话了：“你很能吃嘛。”

等等，我抬起头，先用纸巾擦掉因为太辣冒出来的鼻涕，才看清，这不是胡容说的那位长得好看、家里有钱，还努力上进，活着就是让我们自惭形秽的90后富二代吗？

“啊，你好。”又一次让他看到我最狼狈的时刻，在韩剧里，这就是金三顺的经典剧情。孤苦寂寞的富二代，喜欢上了热爱生活的女胖子，喜欢靠在她肥嘟嘟的肚皮上，获得真实生活的安全感。

但在现实生活中，这种幻想显得太脱离现实了。我已经忍不住摆出大姐大的风度，以一种照顾小朋友的姿态热情招呼道：“你怎么也来吃粉？哈哈，正好，上次说要请你吃的，这回我请你？”

他穿一件黑色圆领卫衣，一件白色羽绒背心，年轻得一塌糊涂。我坐在对面，穿着黑大衣的样子，一定像他的表姐。

小男生笑眯眯地说：“我买过单了，还是下回你请吃顿好的？”

这股隐隐挖苦的感觉，让我忍不住反击：“你是过来体验生活？胡容说过你是富二代。”

他苦笑一下，答：“在你们眼里，富二代的标准到底是什么？你说说，到底家里资产多少，是富二代的标准？”

我一下被问住了，看来是有态度的富二代。但到底吃下去的牛肉滋长了胆量，不管不顾地说：“不是资产多少的问题，而是我在你这种年龄，你今年几岁，二十五？二十五岁我拿四千块工资，租一千八的房子，还要每月给家里一千块。你呢，你这辈子没过过这种生活吧？二十五岁的时候，我的日常生活就是吃这种面。我奋斗了五年，才能换到法国面包房，吃五十八块一份的午间套餐。你说你是不是富二代？你叫什么来着？曾东？”

曾东点头，我又乘胜追击：“你是不是要跟我讲，你来吃牛肉粉，是因为小时候爸妈出去做生意，没人给你做饭，你只能自己出来吃牛肉粉？”

他忽然笑了：“哈哈哈，什么鬼？不过真正的富二代，来吃牛肉粉怎么都得带上个网红款女朋友吧，吃完再开着兰博基尼走人才对。”

“你开什么车？”

“我不开车。我脑子有毛病吗？高架这么堵，当然坐地铁。”

“你当老板出门不开车，怎么谈生意？”

“你说的这种老板，是奋斗起家、艰苦创业的小老板，生怕别人看不起，需要装点门面。再说我根本不是老板，我叫胡容老板好不好？等我创业了，你再来叫我老板。”

“你有女朋友吗？”

“刚分手。”

“为什么？”

“因为我觉得你们女人很麻烦，老是想让男人不顾一切地证明爱你爱你爱你。”

“不，你说错了，这种都是太闲的女人。我这种女人，就没这种需求。”

“是啊，所以你男朋友被人抢跑了。”

“喂，看人笑话不是这么个看法。”

后来嘛，我忽然有所领悟，对着埋头吃粉的小男生说：“男人和女人之间的误解，都是因为我们对彼此的偏见太深，对不对？”

他继续埋头吃粉说：“你在这种店里，最好跟我讲大白话。讲这么理论派的话，我他妈的头都快抬不起来了。”

我回头看了眼刚才劝我吃牛肉锅贴的老板，果然，他正出神地看着我们。毕竟，半夜十一点的店里，空荡荡没几个人。

吃完粉，走到寒冷的夜里，小男生问：“你住哪？”

我说很近，走两条马路就到了。

他说：“这么晚，我出于人道主义考虑，送送你吧。”

“好啊，无所谓，难道我还怕你占便宜吗？”

“什么鬼！”他又吐出那句口头禅。小男生拉起白色羽绒背心的拉链，双手插在口袋里，变本加厉，“我怎么可能占你便宜，我更怕你占我便宜。我现在真的很怕女人，碰到的每一个女的，都想跟我结婚。”

“唉，这座城市真的疯了，只要看到一个适龄男人，就觉得先抓起来结婚好了，你真的很危险啊。不过你放心，我这样坚持到三十岁还不结婚的女人，自尊心像珠穆朗玛峰一样高呢。”

“看来你是真的没救了，下一步是不是准备养猫，然后七十岁一头栽倒在几十平方米的小房子里。等到几只猫吃完尸体，才被人发现已经死亡一个月？”

“年轻人说话不要这么恶毒，退休后我就要去马赛马拉草原，像《走出非洲》的凯伦·布里克森一样，住在一个小农场里。一头银发，开一辆破吉普，每天穿着真丝衬衫卡其裤，烟酒咖啡不离手，直到死去。”

“为什么是真丝衬衫？”

“死都要死了，当然每天都要穿着最舒服的衣服。”

三月寒冷的春风里，跟一个小我好几岁的男人，兴致勃勃地谈论着老年生活，真有点乌托邦的意味。

曾东继续提问："那么，为什么不现在就过这样的生活？我就不明白你们这些人，老是说着以后怎么样，谁知道明天会发生什么？喜欢的话，现在就做不行吗？"

"幼稚，所以说你是富二代。你做电影，是不是想着要证明自己，证明不靠你爸的钱，你也能创造个未来？对普通人来说，三十岁到五十岁，都意味着稳定期，一个不拼命赚钱、老了就会流离失所的年纪。这段时间除了做结婚这种增长资产的事情外，我怎么能马上浪荡到非洲大草原去？钱花完了怎么办？谁来养我？四十岁的时候重新回上海，做个月薪一万块的小职员？"

之后，就是一段沉默。似乎好久都没跟人说过这么多话了，这么多每一个字都是真心的话。回家的路比我想象的远一点，走到最后一条马路时，牛肉粉带来的热量已经散尽。在寒风里瑟瑟发抖，小男生忽然靠近我，用半个身体兜住我："别想歪，这也是人道主义。"

呵呵，我没有推辞，认真讲，这比较像我占他的便宜。毕竟，他年轻、多金，身上的香味很好闻。

"你看过海明威那本《流动的盛宴》吗？里面有一段讲这种倒春寒天气，明明温暖过，又一下子冷回来。他说，寒风无情地刮着，春天被扼杀了，就像一个年轻人无缘无故死去。"

"不过春天始终会来的。"

"很高兴认识你，曾东。"

"我也是，很高兴认识你。"

6 春风沉醉的晚上，老板即地狱

浪漫爱情小说里，男女主人公只要一接上头，就有无穷尽的时间来谈恋爱。2016年的春天，所有女人都在定期观赏一部韩剧，口口声声“我的老公宋仲基”。在无数女同事、女朋友的安利下，我抓紧时间看了两集，越看越生气，喂，都忙成这样了，你们居然还在谈恋爱？

第一集，男主角坐了两个小时的车，去找女主角约会。忽然好死不死电话打来，任务派下，得马上坐直升机离开。于是在电梯的进出之间，错过了好好打扮过、高高兴兴赴约的女人。

前面这么紧赶慢赶都没见上，后面全世界都要为他们的恋爱让路，岂有此理。

想起曾东说，女人最大的渴望，就是一个男人即使要去拯救地球，也要为了这个女人停下来，最好还能为她放弃整片江山。当这个男人真的与世无争、躲在厨房做爱心便当时，女人又要抱怨："你到底能不能有点出息？"

这就是韩剧的内核，雌性生物拼命想要这种放弃一切的爱情，并穷尽一生用这种爱情折磨雄性生物。

最可笑的是，会折磨男人的女人都有了归属，我这样明事理的女人，竟然单身。

加班三天三夜完成的策划方案，终于提交。关于那辆售价69999元，主打年轻人市场的小车，厂商的理想是，全中国有着恋爱理想的年轻人，都买这辆车来谈恋爱。你看，它经济实惠、功能齐备，多么适合年轻人。

跟老板讪笑："要知道，女人在恋爱中，最不想要的就是经济实惠。"我的上司也惨然一笑："客户即上帝，陈苏啊，开发你的少女心吧。想想你二十岁刚出头，每天要从城乡接合部换三趟地铁去上月薪三千块的班。如果有了这辆车，是不是开心得死去活来？是不是值得你芳心一许，共赴未来？"

老板果然是老板，我心服口服。在这个基础上，我做出一个关于城市恋爱色彩的策划案——在不同城市、不同颜色的小车上，坐着不同类型的情侣，每天乐滋滋地到处谈恋爱。

方案提交后，终于可以在正常下班时间伸个大懒腰，努力思考，这个空荡荡的夜晚，我是该去看个电影，还是该逛个街？

然后手机一震，你收到了一条微信消息。老板发的："修改方案发你信箱了，今晚给我？"

打开电脑，呵呵，一百多条的修改意见，你怎么不直接杀了我呢？

抱怨归抱怨，我又认定，老板果然是老板，一个三十五岁还能亲力亲为扔给我一百多条修改意见的老板，我跟着他一定没错。一个生活稳定、家庭幸福，只需要为事业拼搏的男人，怎么说呢，专注又富有职业精神的中年男人，还是容易给人好感。

这天晚上十点，手机又收到一条微信，发信人是曾东。

他："最近很忙？"

我："超忙，加班狗汪汪汪。"（我这个女人真是丧心病狂，竟然对小男生卖萌）

他："怪不得没给我发消息，我每次加完女人微信后，她们都会主动给我发消息，你居然不？"

我："别人排队要买的东西，再好吃也不买。"（天呐，他是在跟我调情吗？）

他："现在有空去喝一杯吗？"

我："正在加班，如果你能等，一小时后可能完工。"（天地良心，我真的不是故作矜持）

如果不是看在曾东长得帅又有钱的份儿上，如果不是女人这点基因里的虚荣作祟，我想我无论如何，都不至于在半夜十二点，走进一家威士忌酒吧。

一家离公司只有五百米的新开的酒吧，只好这么想，喝一杯助眠也不错。进门就看到曾东坐在吧台上，他意外地穿着一件西装。

上去打了个招呼，在他旁边坐下："喂，你别告诉我，你也是刚加班完。"

他有点无奈地笑笑："没有，晚上有个应酬。很奇怪啊，明明大部分人都不喜欢应酬，但总是有各种理由把所有人聚在一起，拼命说着无聊的废话。"

"什么意思，你参加完一个全是香槟美女的聚会，忽然觉得很空虚很无聊，然后就把我这种加班到半夜的打工妹叫出来，体验一下民间疾苦？"

"哈哈哈，你说话挺有意思的。"

"那当然，我们做广告的，除了要把死的说成活的，还要把丑的说成美的，颠倒黑白就是我的工作日常。"

"你喝什么？"

我招呼酒保："一杯威士忌酸，不要糖浆，也不要蛋清。"

正好音乐有点吵，戴着钻石耳环的大胡子酒保侧身问了我一句："不好意思我没听清。"

一时兴起，我索性提议："我能进来自己调吗？"

酒保很开心，说："可以啊，你学过？"

脱掉外套，正好穿的是白衬衫，我撸起袖子，走进吧台。几年前学的手艺，手有点生，从台子上拿起量杯，两盎司的威雀威士忌，再榨一盎司柠檬汁，不加糖，直接加大冰块。这就是我矫情的地方，喝鸡尾酒，偏偏受不了里面的甜味，喝单一麦芽威士忌，又嫌苦，于是开发出一版陈苏牌威士忌酸。

从吧台出来，曾东说："看不出来啊，还会调酒。"

我很得意："是不是很帅？我们年纪大的女人就这点好，总不能让你这种小屁孩一眼看透对不对？"

其实没什么传奇，几年前交往的男友，正好是个酒吧小老板，于是跟着练了几招。那时候以为我会变成酒吧老板娘，后来发现有同样想法的女孩不在少数。

一想起这个，就值得喝掉半杯酒，为什么我这辈子，爱的男人全都是花花公子？

一个年轻女人但凡爱上一个男人，总是以为自己会变成他的一部分。她像白纸一样吸收着这个男人的一切，以为这样就叫共同语言，就叫爱情。

酒来得有点猛，我又忍不住开始抒情："你看过那部电影吗？《志明与春娇》，我好努力去忘掉一个人，直到有一天，发现自己变成了另一个张志明。"

曾东"噢"了一声，说："你爱过一个酒保啊？"

不太想承认，故意说了谎："你们小孩真是人家说什么就信什么，我前两年上过一阵调酒课啦。"

他又笑起来："那你给我调一杯适合我的？"

我伸个懒腰："不要了，今天累得要死，只调自己的。下次吧，总要给你留个念想。"

和曾东的交往，我从来没跟胡容提过，不知道为什么，总有种跟她的小表弟在约会的感觉。当然了，他大概只是好奇吧，好奇什么呢？

正好借着酒劲提问："你干吗约我？"

曾东的答案我很满意，他说："那天你背了两句海明威的诗，我忽然被撩到了，真的，就是一种心在颤动的感觉。但是我搞不懂，这种颤动，到底是你给我的，还是海明威给我的。而且好几天过去了，想起那天晚上，你在马路上，冷风中，裹着一件黑大衣，眼神发亮说‘年轻人无缘无故死去’的时候，我就被击中了。”

我喝完杯中的酒，又叫了一杯，不加糖浆，加个蛋清吧，比较柔。

告诉曾东答案：“触动你的不会是我，只会是海明威。每年春天我都会读那本书，每年春天我都想，要去巴黎，到海明威写作过的丁香花咖啡馆，坐着，喝一杯咖啡，经历下他发抖过的春天。”

“我去过巴黎，”曾东说，“没什么好感。”

我还没去过，因为没钱，也因为怕破坏这份幻觉。

他也喝完了杯中的酒，他说：“我觉得你好厉害，你是上海滩唯一一个，跟我谈海明威的女人。”

我开始吃附赠的柿种，笑眯眯地说：“不然怎么办呢，又没钱又不年轻漂亮，只好用名人名言来撩男人了。真的，每次看到不错的男人，马上就把默背过的名言拿出来，然后看到对方眼神一怔，我就知道，哈哈，上钩了。”

“哈哈哈哈哈哈，”他笑起来，“我真搞不懂，你男朋友怎么会放弃你？”

“因为一百句名人名言用完了？我回家重新背一批吧。”

在某个瞬间，我觉得难以想象，自己怎么能跟一个90后，聊得这么畅快呢？

“喂，你到底是哪一年生的？”

“90年，你呢？”

我掐指一算："哇，我读大学的时候，你上初中。我比胡容小一点。"

曾东做了个判定："你比胡容傻多了，胡老板这种女人，永远不会跟男人说一句实话，可是你样样都是实话。"

"啊，你又不是我老板，不负责发我工资，我为什么还要跟你说假话？"

他想了两秒钟说："大概想跟你聊天，就是因为你老是瞎说大实话吧。"

7 忙到没空约会这种事，原来是真的

“今天忙吗？”

“忙。”

“忙到几点？”

“不知道，老板没人性。”

“我等你。”

“不用吧。”（其实内心狂喜）

“下班没有？我在你公司附近。”（Bingo! 就要这种吃不成饭见一面也好的执着）

据说直男追起女人来，从来不会七拐八弯，我管你是加班到十一点还是重感冒在床上挺尸，反正非见到这个女人不可。

我很感动，三十岁后还能被一个男人这么追着约会，荣幸之至。但是见鬼了，最近怎么会忙成这样呢，老板忽然发起狂来，几乎每晚，都在办公室耳提面命："陈苏，这个案子我们一定要做好，最近公司缺个开年项目，要做就做到最精，你带着手下再拼一星期，好吧？放心，回头会给你们批一笔项目奖。"

实际上嘛，是因为提拔我做内容总监，老板忽然有点被质疑，办公室里有不少闲话，类似于"陈苏这么年轻，就做总监，呵呵，肯定是睡过咯"，"她这种三十岁还单身的女人，靠什么啦？一路睡上去，搞不好以后就是我们老板娘"，"这种女人胆子很大的，表面笑眯眯，好像很天真的样子，结果背地里玩这种花头"……

那是有一天我偶然早起上班，在卫生间听到的内容。一群闲到发毛，每天九点上班五点下班的行政，叽叽喳喳像评点后宫一般，谈到公司里的狐狸精。"陈苏这个人嘛，谈不上漂亮，听说她把徐总哄得一愣一愣的，人家肯下功夫，你有什么办法？你能不能去哄一个男人好几年？我连我老公都不肯哄，哈哈哈哈。"

我跟胡容把这事当笑话提："喂喂，我终于变成那种有绯闻的女人了，哈哈哈，竟然有人在背后议论我，好开心。"

胡容撇撇眉毛说："这种女人平常就靠宫斗剧打发日子，老板在她们眼里就是皇上，哪个女人升职了就是被宠幸了，要知道，封建时代虽然结束了，有这么一群女人永远活在清朝。她们恨不得拿小人扎死你，你凭什么比人家职位高薪水高啦？你说你加班到深夜，人家只觉得你跟老板在偷情，在下那种功夫。但是你要是想叫这种女人加班，她宁愿在电脑面前涂两小时指甲，看完四集韩剧。

"不过呢，你也别太傻，千万别跟老板睡，一旦睡了，这些人就像宫里的太监和宫女，人人都有一双瞒不过的眼睛。"

我恨不得掏出一颗心给胡容看："大姐你搞错没，我去跟老板睡？睡完他给我买个包？我买不起包吗？要是买套房我倒可以考虑一下，反正只是睡觉嘛。"

胡容哈哈大笑："疯了，老板放着会发嗲的狐狸精不睡，来睡你这种连腋毛都忙得没工夫刮的女人？为什么？因为你用功？"

我也哈哈大笑："如果光靠睡老板就能升职，我到底每天加班是为了什么？狗血连续剧里，情人发发嗲，糊涂董事长就给她一个公司开，怎么可能呢？商业社会，哪里容得下一个只会撒娇的白痴？"

但谣言越传越猛，年前一个本来该给我的项目，徐总要避嫌，直接推给了另一个组。年后这个小项目，本来就是别人不要的边角料，他还好意思在我面前再三强调："开年项目，看你的，陈苏。"真相大概是为了证明给所有人看，他提拔我，真的是因为能力不差，还够拼。

行啊，反正我横竖一个人，怕什么？

那段时间，每天跟我一起加班到深夜的，是去年才招的一个广告策划，刚毕业的小女孩，很勤奋。有一次一起下班，我问她为什么搞这么晚？她说回去反正也是群租的房子，还不如在办公室加班。

四千五的工资，两千块的房租，四个小姑娘，一起租一套两室户的老公房。她问我："陈总，你住多大？"

我不好意思地回答："只有三十平方米吧，不过我一个人住。"

小女孩满眼放光说："我现在最大的期望，就是自己住。"

"你会的，因为我在你这个年纪，最大的梦想，也是能一个人住就好了。"

或许比起别人，比如早就买了一套房的胡容，我不成功。但比起若干年前的我，我很安慰，并没有输啊，陈苏。

忙到快要把办公室当家睡，除了有一个晚上，和曾东又喝了一次，还是同一家酒吧，大胡子酒保记得我，直接送上一杯威士忌酸。

我没心情再送名人名言，说到最近为什么忙成这样，又觉得面前这个男人，不用白不用，不禁有了点不情之请。

“小朋友，我打你点钱，你想见我的时候，直接到我公司楼下星巴克等我好不好？但是手上必须拿束花，或者拿点外卖蛋糕什么的，怎么样？”

快到四月，曾东穿着格子西装，依然英俊逼人，无论左看右看上看下看，都是一副绝佳的肉体。我一下想明白了为什么老男人都喜欢约小女生，看着年轻的肉体，好像身体里的血液也为之焕然一新。

可以的话，真想包养他算了。我说为什么总想给他点钱花呢。

他侧过头，冰雪聪明地反问：“怎么了，你在公司也有个前男友，最近刚交了女朋友，需要撑撑场面？”

我不擅长说谎，于是把办公室谣言跟他细说了一遍，最后总结：“总之呢，如果有你这么个高富帅撑场面，啊，就像甩了所有人一记耳光那种感觉吧。”

曾东又开始笑哈哈了：“为什么对你来说，面子这么重要呢？还有，给你送花和带蛋糕都可以，为什么你要给我钱？”

“这还不清楚？你看我哪点配得上你？我只能拿钱买你了，幸好你不贵。就是那种深刻的自卑，反而变成了傻乎乎的自尊，想要收买啊包养啊，懂不懂？”

“懂，可是我不明白，你这样的女人，不是应该特别自命清高吗？”

“靠！”我没忍住，爆了句粗口，“自命清高，那叫认不清现实。我可是一个随时可以向甲方跪下来的乙方。划重点，你答不答应？”

“没问题。”

我拿起手机，即刻转账：“请收款，一千，本周临时演员道具项目。”

曾东眨巴着眼睛问了我最后一个问题：“你真的不介意那些女人这么说你吗？”

我还是说了大实话：“当然介意，我恨不得跟她们当场打架。”

我摆了个右勾拳到曾东面前，在离他脸0.01厘米处停下：“感受到猎豹一般的速度了吗？嘿嘿，我练过的好吗？练了大半年的泰拳呢，教练说如果再练久点，搞不好可以去打业余赛。但是打人就胜之不武了嘛，特别像我这种能打的。”

曾东喷了一口酒出来，我预感到这样不行，吸引一个男人，怎么能靠搞笑呢？世界上有哪个女人是靠讲笑话撩汉成功的？

这样下去，会跟多年前一样，忽然有一天，最喜欢的男人跟别人说，我只是把她当兄弟，女朋友不一样的。

男人啊，就是那种贱兮兮的生物，非要给他们点罪受，折磨他们，利用他们，伤害他们，这个人才会恍然大悟，原来我们之间是爱情。

从酒吧出来，发现迎面吹来的风，已经有暖暖的春意，是一个不需要裹紧大衣快步疾走的深夜。这股夹带着莫名其妙清新气息的春风，刚在鼻腔里打转时，会让人忍不住闭上眼睛，猛吸几口，好像冥冥中有股希望、喜悦、甜蜜之类的玩意儿，随着呼吸一起送进心脏，然后心里就充满了一种不可思议的感觉。

这就是春天最大的坏处，它总是情不自禁地叫人想要去爱，爱个什么东西都行，爱此时的风，此刻的月亮，不可避免地还想爱旁边的人。

酒吧离我家实在太近了，几乎是拐个弯就到的距离。我很想建议说：不如我们再去吃牛肉粉。又想到明天一早还有无数的工作，只好在小区门口朝曾东挥手："好啦，再见。"

他挥了下手，转身去路边拦车。

好想叫住他，拥抱他，亲吻他，但知道自己不会，一旦转身，连回头看的勇气都没有，因为害怕失望，只好快步走回家。

我记得王小波说，在二十岁的年纪，他想吃，想爱，想变成天上半透明的云。男人多少是幸运的，在生命的某个时刻，他可以停止一切关于爱的幻想，脚踏实地做个规规矩矩的人类。女人不行，不管几岁，都在渴望着爱情，二十岁时想爱，三十岁也想。

只不过三十岁时，多了一层"我知道你不会喜欢我"的明智，我知道，所以我忍住了。

8　婚姻让一个女人变成哲学家

星期天早上十点，被一阵敲门声惊醒的感受，就像楼上邻居忽然开始装修，兽性的一面很想干掉这个人，人性的一面只能像行尸走肉一样爬起来，藏好血液中漫溢出来的杀戮本能，从床上跳到门口，从猫眼里警觉地一瞥："谁啊？"

我表姐张小菲站在门口，满脸杀气，不用说，她一定是跟老公吵架了。

有那么一阵，我跟已婚的表姐关系不错，彻底打破已婚女人不能跟单身女人交往的铁律。我们还是能继续话题，谈谈最近看的书，一起去某条小马路上新开的蛋糕房喝下午茶，一起看《欲望都市》电影版，她那时候看起来像个时髦的已婚妇女，不会跟我喋喋不休有关她和她老公的一百件事。

那一定是他们关系的蜜月期，我表姐认为跟自己单身的表妹秀恩爱，实在有点说不过去。她绝对不是那种会叽叽喳喳家长里短的女人，我太了解她了，一个小时候每次考高分都若无其事地说："哎呀！正好被我猜对了，大题居然昨晚刚刚做过。"对她来说，考满分很正常，位列年级第一很正常，一个优等生的骄傲，不容许她有那种肤浅的炫耀行为。这是她认为的高级。

但是眼神和表情都骗不了人，张小菲刚结婚的前半年，整个人看上去像浸淫着无限温柔和爱意，出现时浑身带一层柔光的珍珠色。人略微发胖了点，但脸上的神采如同满月的光辉，其实让当时的我很羡慕。

一个女人因为爱情结婚，得偿所愿、皆大欢喜，可惜公主和王子的幸福生活刚刚开始，就戛然而止。

半年后他们频频吵架，无非想互相证明一件最愚蠢的事，到底是谁爱谁更多一点？明明都已经傻到去结婚了，居然还在拼命质疑着一个蠢问题：你到底爱不爱我？

因为他们春节去了婆家，张小菲的妈，也就是我姑姑，低声幽叹："女大果然不中留。"表姐听了心如刀割，好像自己已经变成叛徒，转身问老公："你为什么这么不考虑我的感受？"

我听到她复述这句话心里一惊，天呐，这不是偶像剧台词吗？

一个现代已婚妇女最大的悲哀，大概是那个理论上是世界上最爱她的男人，一旦走出蜜月期后，人生最大的愿望，就是跟自己的老婆作对。因为老婆这个不知天高地厚的女人，老是用尽浑身力气想要囚禁住一个男人，想要控制他的一切，仅仅因为他做出了一个终身的决定，一辈子都要爱这个女人。

婚姻真是让我不寒而栗。

张小菲足足闹了三四年的离婚，到今天，她已经是一个两岁孩子的妈，依然还是一个纯种已婚妇女，那种走在马路上，浑身散发的母性五公里外都能闻到的女人。

她总是在我开始吃一块蛋糕的时候，问我："你说要不要买一块给我儿子？不知道这种蛋糕是不是反式脂肪酸，不过偶尔吃一次应该没关系。"她总是在我们一起逛街的时候，忽然拐到童装部，兴致勃勃地开始翻找各种上面印着飞机火车的衣物。她心怀愧疚地说："你不知道，我离开儿子才半天，就觉得自己在犯罪，必须补偿他一下。"

怎么办？我只好认认真真地编造各种理由，拒绝跟表姐约会。也从此真正理解了那句话，女人只能跟和自己属性相同的同胞交往，单身和单身，已婚和已婚，情妇和情妇，毕竟我们只是相当狭隘的物种，男朋友和儿子绝不能放在同一张桌上谈论。

一进门，她就开始抱怨："你这里怎么能乱成这样？"

房间当然乱得一塌糊涂，半张沙发上全都是没来得及整理的衣服，厨房几个碗碟没洗，桌上好几个已经放了好几天的外卖盒子。好吧，我承认这是灾难，但从另一方面来讲，乱成什么样都无所谓，恰恰是一个成年人最宝贵的自由嘛。

但为了照顾她那一点就着的坏情绪，我随手拿起一件大毛衣，套在身上，然后开始尽力给她收拾出一个能发挥的空间。

她没说话，走到窗边，直接拉开窗，回头问我："我抽烟你不介意吧？"

我一时受到震撼，我的表姐，一个从小就被树立为榜样和典型的好学生，一个考了好大学，拿到好offer，二十多岁就顺利跟最爱的男人结婚，还在最佳生育年龄成功弄出一个孩子的成功女性，居然会忧愁到这种地步？

她从包里拿出一包没拆封的女烟，一只打火机，朝我扬了下说：“楼下便利店买的。你抽吗？”

我摇摇头，怎么说呢，香烟这种东西，酒后来上一根，好像有点飘飘欲仙的感觉，但在大周末阳光灿烂的春天早晨，抽烟显得过于愤世嫉俗、一味沉沦。

看到张小菲抽烟的背影，我才发现，她瘦了不少。想起一本书上说，一个女人要是忽然开始抽烟，又瘦了不少，多半是为感情所累，或者多了个情人。

“天呐，你不会是出轨了吧？”

她往窗外吐了口烟，回头白我一眼：“怎么可能？”

“那是怎么了？干吗好端端要抽烟？干吗大周末跑到我家来？干吗你最近瘦了这么多？”

听到最后一个问号，她才像有了点神经反射，问我：“真的？好像是瘦了点，不过我也没注意，最近操心的不是这个问题。”

“那是什么？我姐夫王道伟出轨了？”

“那我就不知道了。老实说，我并不关心这个问题。”

我忽然有种鸡皮疙瘩冒起来的感觉，一个跟老公吵了无数次架的女人，忽然像对爱情死心一样，满眼都是绝望。

结果表姐说的事实，又一次，让我这个局外人，有了啼笑皆非的感觉。

起因是这个月的三八妇女节，任何一个女人，其实都不想过这种节日。就算你说成什么女王节娘娘节，这个节日本身就透着一股苦大仇深的模样，就像给被欺压被凌辱的女性，一个空洞的关怀一样。

我表姐在单位收到一束花，她对这束花一点不惊喜。一个三十多岁的已婚妇女，对自己老公这副牌早就摸得清清楚楚，那不过就是因为王道伟先是春节没带她出国度假，情人节也没给她一束花，于是像拍大腿般想起来，为什么不在三八妇女节送一束花呢？

一束代表着男人最大的庸俗的红玫瑰送到单位，年轻小姑娘们统统变成捧场王，对我表姐说："小菲姐，你老公好爱你啊。"我表姐在花里找到一张卡片，上面写着两行字：南南妈，祝你永远年轻漂亮，爱你的南南爸。

我表姐又点燃了一根烟，说："可悲吗？三十多年后，拥有人人羡慕的家庭、婚姻、孩子，结果呢，我居然成了一个连名字都没有的女人。"

我叹了口气，觉得她可能有点小题大做，可能是大姨妈来的前几天这种情况。我说："这事没那么严重吧，我看我们公司的已婚妇女，朋友圈都是这种小宝妈妈、臭臭妈妈这种格式啊。"

张小菲以前所未有的严肃说："我真正悲哀的是，恐怕王道伟到目前为止，对我所有的爱情，不过是因为这三个字，我是孩子的妈妈，所以他爱我。以前人家说，婚姻是爱情的坟墓，我从来不相信，我觉得结婚有什么呢，生孩子又有什么呢？全世界的女人都这么过，我为什么不行？

“我要结婚，要生小孩，要做一个真正的大人，不想因为某些不确定的原因，就做个留级生，我可受不了别人那种眼神，动不动就‘你没结婚你懂什么啊’。然后呢，我结婚了，有小孩了，忽然发现，有一天我所有存在的意义，就是一个小孩的妈妈。

“我赚钱是为了给他买学区房，我休假是为了带他出去旅行，我跟我老公99%的话题都是他，如果没有儿子，我都想不明白，我们在一起生活的意义是什么？”

完全没想到，表姐会有这么多的抱怨，而且唯一一次，我觉得她的抱怨很有道理。如果结婚就意味着失去自我，那留级怎么了？

显然，像我这样没结过婚的人，完全不知道该安慰她什么。于是我想，不如说两句好话：“好啦，你之前不是说过，结婚是累积财富的方式吗？你看你现在有自己的房子、自己的车，还有什么不满足呢？”

张小菲又惨然一笑：“那是我的房子，但是在那个房子里，我连抽根烟的自由都没有，还不如你呢。喂，陈苏，跟你商量个事好不好，你别嫌我烦，能不能一个星期划半天给我，让我来你这里轻松一下？”

“当然可以了，只要你不带男人回来。”

表姐重新变回表姐，在我头上打了一下，说：“走吧，我们出去吃饭，我请你。”

我说不如在家吃，出去吃，要洗澡洗头化妆，还要选一身跟周末搭配的休闲装，坐在那种吃brunch的店，搞不好还会出现几个郑重其事地化着大浓妆、踩高跟鞋走名媛风的女人，到时候一对比，土得像个乡下人，真是呕死了。

像好多年前一样，我们忽然又变成一对可以厮混的表姐妹，在厨房里弄完所有垃圾，炒了鸡蛋，烫了芦笋，煮好一壶咖啡，还有两碗燕麦粥，有点完美。幸好我每隔几天，就有强烈的健康生活的欲望，会在生鲜店买一批蔬菜水果，大部分时间这些代表新鲜和健康的东西，都以过期枯萎终结生命。

但来一个这样的早上，好像还蛮不错的。

用手机连上音响，张小菲放了首她喜欢的巴赫，无可挑剔的旋律里，春天像迸发的粒子在房间里盘旋。

我要求："现在给我一支烟。"

"啊，你不是不抽吗？"

"不，开心的时候例外，特别是你连抽烟都不自由的日子。"

她看了我一眼，尖刻地说："刚才就想说，你身上这件毛衣，是男人的吧？肯定不是什么正经男朋友的，不然我怎么连面都没见过。"

一点没错，的确是蒋南的毛衣。在跟他交往的半年里，他像一只辛勤的小松鼠一样，有时送我一瓶漱口水，有时是一大罐香薰蜡烛，他喜欢的马克杯，两个人一起买的枕头，过夜时留下来的T恤，还有家居毛衣，总之呢，这个家到处都是前任的气味。不过我是成熟女性，我一点不介意继续点着那罐蜡烛，穿着那件毛衣，反正这个人在我心里已经像考完试的课本，明明曾经那么珍惜过，最后只想一撕了之。

张小菲在芦笋上洒了点油醋汁，继续家人式的关怀："你最近怎么样？我跟你说，婚，不一定要结，看我就知道，不过男人还是该有一个，科学研究证明，爱情有益身心健康，我不想你变成那种最后只跟一群猫住的老太太。"

"喂，你怎么跟小男生说的一模一样，我到底有没有那么孤僻冷傲难对付？话说回来，你到底怎么瘦的？"

她咬了一口芦笋，说："我啊，过完三十岁生日，一瞬间对什么都很绝望，对奶油蛋糕、香草冰激凌、咖喱牛腩粉，都没有兴趣了，我已经不再是我了，我不过就是各种程序里被动前进的一环，你懂不懂这种感觉？"

那种绝望的气息飘过来，我浑身一抖，想要拼命安慰这个可怜的女人："你别这样，说到底，谁又不是这无数程序里必须要前进的一环呢？我这种单身女人，最大的自由也不过是周末睡个懒觉，明天该上班还是要上班。"

"陈苏啊，珍惜你的幸福吧，只要你愿意，你可以从任何一段男女关系中抽身出来，比一家火锅店决定歇业还要快。我呢，即便对一个男人已经死心了，还是慈禧太后似的，不由自主地认定，大清不会亡。"

婚姻似乎有点意思，轻而易举地让一个女人变成了哲学家。

送走表姐，我又开始昏昏沉沉地进入睡眠。黄昏时分，才醒过来，在手机上看到一条心情为之一快的微信消息："我想请问陈女士，你是否从未拥有主动联系男士的技能？"

9 来日方长，及时行乐

曾东跟我打了声招呼，说要去北京出差几天，可能没办法来单位扮演白马王子。我发了个没关系的动画表情，又加了一句："来日方长。"

发完才后悔，这四个字早上了恶趣味榜单，果然，那边发来一个意味深长的微笑表情。

没再回复。米兰·昆德拉这么解释调情，是一种暗示可以有进一步性接触可能的行为，但又不保证这种可能一定会实现。调情，是没有保证的性交承诺。

就是这种不确定性，让我有点烦躁，成年男女之间的追逐游戏，反复着试探，反复着猜想。在属于暧昧的粉红色泡泡里，一会儿开心得流连忘返，一会儿又觉得自己可笑非常。张小菲对她一成不变的感情感到恼怒，她提前一步进入了中年危机，忽然觉得什么都有的生活，却是什么都不想要的。

我对小男生招猫逗狗的行为也有点生气，为了这种不确定的感情，耗费大把青春，这看起来真的很糟糕。

胡容说，那你想怎么样，想他看到你的第一眼，就两眼发光，牵起你的手说："请跟我以结婚为目的来交往？"

"我当然也不是这个意思。"有点愧疚的是，目前我还没告诉过胡容，这位带来烦恼的男人，还是她推送的。这事不知道为什么，说起来总是有点尴尬。成年女性，倾向于不在闺密圈子里找食吃，这是一种基本道德。我只能在心底安慰自己，这事搞不好说说就过去了。

"我的意思是，喜欢就是喜欢，成年人为什么不光明正大地坦白自己的感情，我又不是那种感情碰瓷户。一个男人说喜欢我，我也会坦白承认对他的感情，喜欢就在一起，不喜欢算了，为什么非要不停地接近我，但绝口不提喜欢两个字？"

胡容叹了口气，说："没想到你这么幼稚，你也说了自己是成年人，一个成年人的感情多么复杂，你纠结着人家喜欢还是不喜欢，不过是因为你手头只有这么一个考虑对象，没有别的可以暧昧。你就像在快关门的超市里，挑最后剩下的一袋胡萝卜，买，还是不买？人家不说喜欢，是因为他在早上十点的超市里，看到新鲜的五彩缤纷的一切，都很想买，完全没做出决定呢。"

"你的意思是，我活得太可怜了，远远走来个男人，就会觉得他是命中注定的相遇？其实都是幻觉，不过是因为太饥渴？"

"你也不用太伤感，大部分中国女人都是这样，毕竟五十年前女人还根本不能自由恋爱呢，总要走一段弯路，才知道残酷的真相嘛。"

“你说得对，我看得上的男人，怎么可能身边没有女人。你说我现在该怎么办，也去找一堆暧昧对象？”

胡容满脸的轻蔑：“你啊，你又开始了，我以前怎么说来着，你每对一个男人上点心，就想为他改变一切，干什么啦，你就不能做你自己吗？别太把男人当回事。”

这个话题就此结束。周日晚上，我带胡容去单位楼顶的健身房，边跑步边聊天，只有这种提议她从来没有撇嘴否认过。吃饭，她喜欢跟男人一起。有个理论说，恋爱会让女人分泌一种什么激素，自动抑制食欲。胡容认为两个女人没事跑去大吃一顿，是非常放弃自我的表现。何必呢？居然要悲伤到用食物来疗伤。逛街，她喜欢一个人，两个女人一起，无非是一个女人用自己的品位说服另一个女人，后者被说服后买完单，回家就会发现，根本不是她想买的衣服。

我抗议：“那你说，闺密到底有什么用？”

胡容深呼吸说：“当然有用，为了让我体会到，自己并非孤独一个啊。”

她在跑步机上用极快的速度，唰唰跑了一个十公里，根据几年来的闺密经验，我觉得她有一个惊天消息要宣布。她就是那种一遇到什么事，就会放进十二万分精神，食欲、睡眠通通忽略不计的女人，这种人通常很容易成功，因为太能钻牛角尖。

胡容对我没有半点隐瞒，从跑步机上下来，气喘吁吁地给我看手机里的照片，一张她和别人的自拍合影。一个男人，和她头靠着头，男人的大半张脸，都埋在围巾里。即便如此，还是眼熟得过分，像那个谁，不是那个谁吗？

她压低声音说:“看来他真的不火了,你连名字都叫不出。”

我灵光一现:“啊,是那个谁嘛,几年前的选秀明星啊,你怎么会跟他在一起?”

她警觉地看了一眼周围:“你有必要这么大声吗?”

我有点不好意思,又耸耸肩说:“我们单位健身房这个点能来的只有耗子,我当初租在公司隔壁,就是看中这个健身房。”

她提议:“以后说到这个人,就说W吧。”

胡容这样的人,认识大小明星并没什么了不起,跟那些天天说我和××是好朋友的“社交咖”不同,她对明星的理解是:这些人有着天底下最脆弱、最需要保护的玻璃心,时刻注意着外界对自己的回馈,表面不可一世,内心就像小孩一样,会因为一句甚至一点儿不像批评的话,心理防线就崩溃了。

刚跟胡容认识的时候,我很乐意打听各种明星八卦,谁谁真的在一起吗?谁谁真人也是那么美吗?后来再也懒得打听,以胡容的描述来看,明星就是潜伏在地球人中的一群外星人,跟地球人吃完全不一样的食物,穿完全不一样的衣服,过完全不一样的生活,长得明明像个地球人,但放在人群里,一看就能认出来。地球人以能跟明星合影留念为乐,当明星出现时,犹如UFO飞碟现身,人们尖叫、拍照、宣告天下,快来看哪,明星来了。跟好莱坞片里的外星人完全一个待遇。大部分明星只能跟同类交往,如果一不小心跟凡人交配,有可能会被凡人活捉,要求你赔我一笔钱,我才不说出去。如果跟凡人大量交配,基因里就会传染上凡人气质,从此被踢出明星这个外星团体。

胡容对我这个理论很服气："差不多吧，就是那样，一群不食人间烟火的家伙，不是因为他们不爱吃，是吃了就要打回原形，哈哈哈。"

"所以你跟这个W，到底怎么了？睡过了？"

胡容结束有氧运动，开始在旁边做器械，轻松愉快地说："没睡过有什么好谈论的？

"睡，是男女间正式开始交往的第一步，没睡前，所有的谈话都是言不由衷，不就是为了最终那个睡到一起的目的吗？"

"可是你才跟我说过，调情，是男女关系中最有意思的一步啊。"

胡容铿锵有力地举着哑铃，说："那是普通男女之间，睡完了只有两个选择，接着睡还是委婉地人间消失。你条件比这个男人差，他会先人间消失，再像自己刚刚去西藏无人区徒步了整整两个月一样，忽然找到你，然后提议，我们再睡下呗。真的，男人为了让你不要过度幻想，用心到了这种地步。你要是睡了一个比你差劲的男人，比如说月薪五千还跟人合租的男人，是不是也要撒谎'我得出差一星期'，生怕这个男人卷好全部家当来跟你住？"

我把头点得跟鸡啄米一般，想想蒋南为什么跟我从炮友变男女朋友，其中肯定有一条至关重要的，是我住在市中心，离他单位步行只需要二十分钟，他甚至考虑过，要把单位停车位退了。同居后可以省的钱，对工薪级别的男人来说，真像发了笔奖金，当然，蒋南现在的归属，跟中五百万一样。

胡容继续说："可是明星又不一样咯，这种机会是见缝插针的，今天他刚跟你对上眼，明天可能就要去剧组跟组两个月，下次再对眼的时候，你发现他下巴又打了点玻尿酸，太阳穴也更鼓了点，这个外星人又重新回到机舱里微调了一下，他两个月前看你的那一眼，已经是个永恒，不会再有那样的人，再看你同样的一眼。”

我忍不住鼓掌：“也就是说，不可能跟同一个明星跨入同一条爱河对吗？”

她把哑铃放在地上，用毛巾抹去脸上滴落的汗，深吸了一口气说：“不，是不可能跟同一个明星，再睡同一次了。”

我跃跃欲试：“喂，那么我呢，能不能也跟明星对一眼，睡一觉？”

胡容摇头：“不行，外星人嘛，一眼就看得穿地球人的意图，你只是好奇。我们这行呢，本来就多的是冒险精神的小姑娘，没人会怀疑我这个三十二岁的老姑娘。这可能是三十岁女人唯一占便宜的地方，谁会相信，英俊男明星选了我呢，对不对？”

“这种占便宜的方式，不要也罢。不过最关键的问题是，外星人也是人，床上如何？”

“啊，还不错，你知道很多时候，女人的虚荣感能战胜一切。”

跟胡容一起等下去的电梯时，迎面出来的居然是我老板徐总，我大吃一惊，打了个招呼：“徐总，这么晚来锻炼？”

他点点头说：“对啊。”没再多说话。

胡容在电梯里跟我打赌：“看来你老板是在健身房跟人约会，信不信？你只要现在去办公室看看谁还在加班，没有的话，在楼下找地方躲起来，十分钟内一定有人现身。”

隔了一会儿，她又说：“不对，以老板的性格，应该这时候发短信给情人：刚才碰见陈苏了，你小心点，晚点再上来。哈哈哈。”

我本来完全没有那么八卦，办公室恋情也好，已婚男上司出轨也好，这都是别人的事，跟我有什么相干。但想想前两个月的舆论风波，左思右想都觉得不对劲。

和胡容一起下到地下车库，想搭个五百米的便车回家，刚坐进去，一辆红色现代车开进来，胡容没按启动键。心情又回到一个月前捉奸那一幕，屏着呼吸，身体下滑，然后看到行政处某已婚女同事，一身运动装扮，满脸喜气洋洋地钻出来，之后消失在我们的视线中。

“呃，不太可能跟徐总约会吧？健身房和电梯到处都是探头，他们不怕别人看到？”

胡容摇摇头：“你们这种联合办公写字楼，每天进出几千人，保安谁愿意多看一眼？除非他们当场搞起来，保证第二天就上网络视频。”

“可是她结婚了啊。”

“一般结婚一年后，都是女人最被忽略的时候，老公不想哄了、哄不动了，你想怎么作我都不配合了，再来几次出差，她孤独寂寞冷的心灵，不就想被别人抚慰一下？”

这么一理，我已经相当清楚明白，最近这场舆论大火，是怎么烧到自己身上。因为我看上去比已婚女人，要更孤独寂寞冷，所以就成了最佳出轨对象。

可老娘明明忙得要死，哪有空跟已婚人士而且还是同事朝三暮四。人们往往忽略了一点，那就是单身女人的饭碗，要比男人宝贵多了。

10 有个男人，就会得到尊重

工作日上午十一点，忙得不可开交，接到快递电话：“陈小姐麻烦下来取一下。”

“你帮我放前台行吗？”

“不行，必须本人签收，是鲜花。”

下电梯时，给曾东发了微信：“你送花了？”

曾东回：“拿人钱财，与人消灾。”

那个快递员，大概只有二十岁，看到我，忽然开口叫了一声：“大姐，这花你是派什么用的？我家这个一般是婚礼用花，三天内保鲜。”

我犹如被人打了一记重拳，当时所有的想法，是为什么不拿着那束傻乎乎的白玫瑰花球，狠狠砸在快递员头上：“你叫谁大姐，你看谁像你大姐？”

沉默地签完字转身就走，我拿出手机给曾东发微信："差评，钱退我！"

他发表情："居然还有收到花不开心的女人？"

我更加火大："少用直男那种自以为是评判女人，你们直男能想出来的浪漫，就只能这么庸俗吗？找个傻不拉几的快递小哥，开口就问我，大姐，这花送谁的？妈的，只有小姐配收花？就你这种拙劣的手段，也就配追那种整天要你爱来爱去的傻妞。"

他先发了几个"哈哈哈"，又回过神来，发了一句，"对不起。"

晚了。

我似乎能理解为什么张小菲收到花的时候，没有任何的幸福感。一束快递送来的玫瑰，张三送得，李四送得，而且很多电影里，落魄的单身女人还专门给自己送花，来强调自己并非那么不幸福。

这事很没劲，从头到尾。不是说爱情，也不是说浪漫，而是当我忽然明白，即便连一束玫瑰，也是自己要求的仪式时，和张小菲一样，整件事情，只让自己觉得是一场悲剧。

趁着午休，我拿着花回了家。这种包扎得异常精美的花，无论摆在哪里，好像都格格不入，跟整个轻松惬意慵懒的家居风格，有了一个泾渭分明的区分，仿佛一个女人在接受挑战。知道吗？你必须包扎成我这样，才能获得幸福生活。

权衡良久，我把花摆在卫生间洗手台上。

唉，小男生到底不懂什么叫浪漫，或者说，男人其实就不懂什么叫浪漫。

不过话说回来，或许不是男人们的问题，而是很有可能，我这样的女人，并不值得浪漫。

罗素这么说，如果一个男人毫不费力得到一个女人，他对她的感情，自然不会采取一种浪漫的方式。

浪漫爱情到底是什么，原型大概就是一个卑微的骑士，爱上了公主或者贵妇，这个骑士用音乐、用诗，感化眼前这个女人，好让她骄傲的脸，能垂怜自己一眼。只要一眼，就可以为这个女人三天三夜穿越沙漠，只为了寻找一颗东方最亮的宝石。

我记得和蒋南在一起，是因为他忽然跟我介绍一个女歌手，Paloma Faith，一个英国女歌手。他兴致勃勃给我发了两首链接，说："总觉得这女人有点像你。"

那时我们还没在一起，一个秋天的午后，回老家，开着我爸的车，带着我妈和外婆，要去一个地方吃饭，太阳暖烘烘的，我妈和外婆说着一些家常话，忽然电视台主持人说："下面介绍一位英国女歌手，Paloma Faith。"那一瞬间，我有点飘飘然，觉得自己浮在故乡的田野上，正在跟蒋南面对面微笑。

后来蒋南说起，前几天开车出去，听到主持人介绍歌手，他马上想到我。我说，那时候我也在开车呢，也听到了。虚弱的都市男女，喜欢管这种巧合叫缘分，不然还怎么搞成爱情？

胡容说过一次她被男人用语言迷倒的经历，在她还年轻的时候，疯狂迷恋摇滚歌手张楚，去参加聚会，正坐着，一个刚认识的男人发短信给她："您坐在我对面，看起来那么端庄，我想您应该也很善良。"

女人对这种事情记忆犹新，即便过去十年，依然像刚发生的时候那么闪闪发亮，一击即中，因为即便是这样虚弱的缘分，在这个城市里，也少得可怜。

浪漫烟消云散，因为男人懒得去取悦得不到的女人，女人呢，更加不想给卑微的男人机会。每一个单身女人都在这么说："我脑袋进水了吗？要找一个比我还穷的男人？"

至于富有的男人，活到三十岁，又怎么肯跟小姑娘一样，放下身段去取悦？话虽如此，我还是给曾东发了个道歉短信："花很好看，对不起，快递太傻逼。"

曾东发了个摸不着头脑的表情后，问我："那你说，男人到底该怎么送花，才不尴尬？"

"亲手送咯，而且要在去接女人下班的路上，偶遇一家花店，心想该买一束小小的、美丽的鲜花。于是跟老板娘说，麻烦给包三枝向日葵吧。漂亮的老板娘用卡其纸包了三枝向日葵，说，配点满天星更好看。不管不顾给你配了点满天星，用淡灰色的麻绳一扎，递到你手里说，肯定是送给很可爱的女孩。"

曾东沉默了一会儿，说："我怎么越听越觉得这是林少华译的村上春树？"

"哟，有文化啊。不过告诉你，送花最蠢的就是送花店扎好的那种玫瑰花，看上去就跟开房后留下的安全套一样，一股浓浓的精液味。真的，我搞不懂，为什么世界上这么多男人要买这种花，宣告全世界你跟这个女人搞过吗？"

他的回复有点意味深长："也许，只是因为想跟你搞啊，直男嘛，一根肠子通到底的。"

照例，我把手机扔在桌上，开始了漫长的工作日。

不知道如何回复，与其编造一些冠冕堂皇的话，不如什么都不说。

下午五点，大楼下班时分，跟着如潮的人流涌出大楼，我打算去买个三明治，顺便散个步，活活血。

不期然被人大声喊道："陈苏，这边。"

曾东站在门口，穿着一套暗纹格子西装，手里握着一束小小的向日葵，三朵，配满天星，用卡其纸和灰色麻绳包扎。

这时候抹口红已经来不及了，我尽量不让自己显得太欢欣，尽量以中午接快递的那副模样走过去，旁边人目光唰唰涌来，无非是在意：这么帅的男人，不知道配的是哪种女人？

我知道一定会有很多女人心中一松，原来也就这样嘛，但后面一定会反弹：竟然有这么帅的男朋友。

这就赢了，走到曾东身边，接过花，问他："你怎么没去北京？"

他说："本来今晚回，我看没事了就早点回来，还能过来兼职做人工道具。还有什么吩咐？"

我当然要充分利用："啊，那就去我们公司楼下星巴克喝杯东西，我请你。"

他很配合，挽住我的手说："任你遣用。"

我站在他身边，虽身形渺小，又觉得无比放大。忽然想到，那些中年矮胖丑男，开上卡宴或者宾利的时刻，一定也是这样的吧。明明还是同一个人，只不过因为加持了一个男人，世界因此对我大为改观。

星巴克里人潮涌动，还有一拨加班同事正坐在那儿发呆，有人朝我打了下招呼，我也平静地挥手，然后排在柜台前，兴致勃勃地问曾东：“喝什么？”

他低声跟我说：“你去找个位子坐吧，我来买，你要什么？”

恭敬不如从命。“我要一个培根鸡蛋三明治。”

坐在门口的位置，虽然等下要去加班，但内心却像在塞班海滩度假一样惬意，最好放首雷鬼音乐。

人群中曾东像夜晚最亮的一颗星一样闪亮，看得出，他从小家世良好，营养均衡，眉目舒展。这样的人，到底遭受过什么苦难呢？

想起一个二十世纪八十年代的电影，上初中的女儿推开碗说饱了，父亲大怒：“你都吃什么了就饱了，多好的白米面，知不知道以前为了这碗面，可以杀死一个人？你们这代人，真是掉在蜜罐里了。”

我看着曾东，莫名有种老父亲看着女儿的心情，不爽，但更多的是羡慕嫉妒。如果我是个同样条件的白富美，是不是可以展开一场轻轻松松的恋爱？

曾东端着盘子走过来，有我的三明治、一杯乌龙袋泡茶，他的冰摇柠檬茶，果然是年轻人，三月就开始吃冰。

我抓起三明治，一副饥肠辘辘的样子。看来胡容那套理论并不正确，恋爱只对某些人分泌瘦素，又或者我对曾东的感情，还没到瘦素的份儿上，反正饿得要死，简直可以连吞三个三明治。

“是因为你长得帅吗？我在这里买了这么多回三明治，每一次递给我的都是加热不均匀的，要不就是蔬菜跑出来的，为什么你买的就这么好吃？”

“可能因为我点餐的时候，对小姑娘使劲儿笑了笑吧。”

无法反驳。

我一口气吃完。对面的男人问：“要不再点个什么？”

我摆手：“不了，再吃就超纲了。”

他狡黠一笑，说：“三十岁新陈代谢真的那么慢吗？”

我回应：“不，是难吃的东西吃这么点就够了。三明治这种果腹的东西，吃太多有点对不起自己。”

啜饮热茶时，一边看着下班的人潮，一边努力思考着，该怎么再挖掘一下高富帅的剩余价值，总不能就这么放走了吧。最好等行政处那群娘儿们走过时，能来个借位热吻。

不远处的大厅门口一阵骚乱，似乎是有人扭打在一起。星巴克里的人都伸长脖子望过去，对于沉闷的上班生活来说，任何小小的风潮都是一场巨大的马戏，唯一的障碍就是，怎样能让自己那颗热爱八卦的心，显得不那么粗俗。

比如我这样的，如果恰好路过，一定会让自己最多停留三秒，有位哲人说：“受过教育的人，和没受过的人之间的差距，几乎跟活人与死人的差别一样大。”八卦不就是那些无聊的内容吗？

不，等等，那个被扭住的男人，怎么看着这么眼熟。我一下子站起来，往前走了几步，彻底看清：天呐，是我老板徐总。

扭住他的是一个男人，一个比徐总年轻、膀圆腰阔，总体看上去有点缺心眼的男人。他正高声喊着“敢勾引我老婆，我打死你”诸如此类。

我怕徐总闪避间看到我正在旁边兴致勃勃地看笑话，赶紧收脚走人，跑回星巴克。曾东还坐在那里，问我："怎么啦，贵公司发生了什么了不得的事情？"

拿过他那杯冰摇柠檬茶，猛吸了一大口，凑近他，我难以置信地偷偷回答："我老板，好像搞了已婚妇女……"

曾东张大嘴，做了一个"哈"的嘴形，随后耸耸肩："好吧，这也算企业文化的一种吧。"

我摇摇头："老板果然是老板，忙成狗一样，还有空乱搞。"

曾东的解释很有意思，他说："欲望嘛，对女人来说，是食欲和性欲，对男人来说是成功和女人。女人可以只要一个欲望，男人必须双赢。"

我不同意："可是搞外遇已经很愚蠢，跟已婚妇女搞外遇就更加愚蠢。"

他笑了笑："对男人来说，没有比搞别人的老婆更占便宜的事了，已婚妇女有三宝，温柔、体贴、要求少。我是说，在爱情上。走吧，我想你老板明天肯定没有上班的心情，你也不用加班了，我们一起吃饭去。"

"可我刚吃完啊。"

他拽着我的肩膀说："人不能一辈子靠吃难吃的东西度过。"

11 在此处得到，就在彼处失去

这应该是我跟曾东的第一次正式约会。

坐在侍者都穿着正经白衬衫、彬彬有礼的地方，我有点后悔。身上这套上班工装太过朴素，看起来有点像那种特别想被老板忽略的员工。

我更后悔，在他点了一瓶黑皮诺，上前菜的那半个多小时里，我一直埋首用手机跟同事讨论八卦。各路八卦消息忽然传来，即便看不到每个人的脸，都能想象出那种摇头晃脑的兴奋之情。

虽然徐总是个好人，如果晚上加班，他一定会自掏腰包请所有人吃消夜。但这跟人品无关，我想一定是我骨子深处的农民意识形态作祟，繁重的工作就像农夫在田野上的辛勤劳作，乏味而无知觉，只有一些鲜活的事情，能让憩息在田头的劳作者，获得一点心灵上的“马杀鸡”。

从本质上说，人靠汲取他人的不幸，维持幸福生活。

这事是在过年后，也就是传说“我和徐总肯定上过床”的那段风云时期。有个精明的女同事，发现了徐总的外遇对象，一个在行政处开着现代车的女人，忽然背了一只香奈儿上班。现代社会看似疏离，其实人与人之间根本毫无秘密可言。一个开现代车的女人，意味着她嫁了一个平凡的老公，或许可以趁出差的工夫，买个 LV 或者 Gucci，但香奈儿有点过了。

虽然这年头 A 货包包横行，可一个资深女白领，对真货还是 A 货的辨别，强过一场亲子鉴定。

再然后，是一只 BV，而且女人总是在午休时间，拎着恒隆或者中信泰富的袋子回来。这种媲美暴发户的表现，给了所有人一个大大的问号，是老公发财了？家里拆迁了？还是……

我想起昨晚车库的那次相遇，说起来，似乎是有点太不小心。

或许，爱恋已经如大火燎原，让两个人都无所顾忌。愚笨的丈夫在妻子偷偷换过身上所有的装备，并不小心知道了价格后，终于恍然大悟。

我给曾东复述毛姆那篇小说，一个以大嘴巴闻名的先生，在一艘游轮上，打赌某位太太的珍珠项链肯定价值连城，她先生一口咬定是便宜货，以他本人的收入，自然买不起。

这位赌博爱好者在最后关头认输，因为再不体面的绅士，也懂得给女士留最后一个放生出口。不过，男人最后补充道，如果我有这么一位漂亮的太太，绝不会让她一个人留在纽约半年之久。

曾东兴致盎然地听完，得出一个结论：“看来以后我要是搞已婚女性，一定要挑那些比我有钱的，这样我送的礼物，才不会引起丈夫们的恐慌。”

我不以为然地摇头：“幼稚，一个有钱人的太太为什么要冒着失去所有财产的风险跟你搞？女人只会跟更优秀的基因提供者外遇，有个研究说，穷男人被戴绿帽的概率几乎有30%到40%。不过作为富二代的你，应该没有那个麻烦。”

我不甘心地又提了个问题：“喂，你的人生，是不是从来不会有什么烦恼？”

电影里那些滑头花花公子对这种问题有个标准答案：“噢，亲爱的，最大的烦恼就是不能拥有你的心。”

曾东切了块牛排，吃完，像绅士一般用餐巾抹了抹嘴，慢条斯理地说：“我离过婚。”

“什么？你不是只有二十五岁吗？”

“你不知道90后有一拨早婚潮？”

我真的难以置信，原来富二代是这样的人。当我还徘徊在成人世界的门口，犹豫该不该进去体验一番时，他们已经溜达一圈出来了，看起来还毫发无损的样子。

他在我面前又露出那种意味深长的笑容，每当这种笑容展现时，这个二十五岁的年轻人身体内，就像藏了一个五十岁的中年人。

我再一次说了实话：“我觉得早婚的人都很愚蠢，明明终于从一个家庭里独立出来，又迫不及待进入另一个家庭里，就像一个海上飘摇的落难者拼命要抓住一块浮木。你知道一出戏剧里，女主角是怎么拒绝求婚者的吗？她说，去到每一个陌生的城市，列车越开越近时，我眼中仿佛有一段奇遇正要展开，整个人都为之振奋。但只要我结婚，不管去到哪个城市，都不会再有奇遇发生了。”

短暂的沉默后，我还是没按捺住好奇心：“说说你是怎么结婚的？”

他笑笑：“就跟大部分人的婚姻一样吧，忽然遇到一个非娶不可的人。”

大部分男人对他们的感情历程都讳莫如深。一个离过一次婚的女人，会把她跟丈夫从认识到结婚再到感情变质的所有原委都讲一遍，故事完整、史料翔实。但一个男人的离婚史，就像他在走出民政局前签署过一份保密协议一样，打死都不会多吐一个字。

我开始信口胡说：“好吧，我猜，她是你大学时代的女朋友，是男人都喜欢的清纯校花，陪你度过所有难熬的单身时光，直到有一天你发现生活没有她，根本不能称之为完整。你有钱，肯定是她的第一个男人，单凭这两点，你娶了一个亲子不确定性几乎为零的女人。你一开始还有点犹豫，但家里劝你，早晚都要结，早点结婚不好吗？可以更专注做事业，对方家世一定也很好。”

曾东笑着说：“哈哈，差不多就是那么回事吧，的确是我母亲催我结的婚。”

我很得意：“你还是容易被说服。离婚呢？是因为婚房装修的时候她坚持要把卧室刷成粉红色，还是你们为谁该给宠物猫铲屎发生了巨大分歧？”

他呼了一口气说：“不，是因为我母亲进重症病房时，她有个堂妹来伦敦，她开开心心地跟人去逛街了，还买回了一只包。”说到这里，曾东的声音有点沉重，喝了点水缓缓后，他非常无奈地笑了，“在我母亲挣扎于生死线时，我前妻像个没有知觉的动物一样，开开心心地三餐照吃不误。”

这听起来有点沉重，我发出了仅有的安慰：“后来病好了吧？”

他好像甩出了浑身的疲惫，以冷静的声音说出答案：“不，一年前我母亲去世了。”

我不知道该怎么面对这样的场景，怎么安慰一个看起来还处在丧母之痛中的男人。最深刻的想法是，原来命运果真苛责如此，在此处得到，就在彼处失去。

怎么办？我该说什么？我忽然发现自己前三十年的经历是这么不值一提。老实说，除了交往过一些男朋友，心碎，复原，再心碎外，我身上并没发生过什么了不起的苦难，以至于，我对别人的苦难，毫无办法。

我喝了一大口黑皮诺，这种红酒喝起来总有一种乡下年轻女孩赤足跑在田园里的纯真风味，让人有点轻飘飘的。我想了想：“喂，其实你的前妻，她那么年轻，当时应该也很困惑吧，完全不知道该怎么处理这么大的苦难。”

曾东盯着我的眼睛说：“我不需要她做任何事，只需要她陪着我，这不就是婚姻的意义吗？陪伴，特别是在我最需要一个依靠的时候。”

“是，成熟的女人懂，但一个天真又可爱的女人，恐怕不懂吧。她肯定一开始很热心，后来发现在医院也不过是无所事事，她不敢跟你分享高兴的事，也不敢随意讲个笑话，好不容易溜出去玩了一趟，事后还像偷吃蛋糕的小孩一样，被你大骂一通。”

曾东有点奇怪地看着我:“正常女人这个时候不是会拼命表示,我跟她不一样,不会那么天真吗?”

我摊摊手:“你又不是我的理想结婚对象,我为什么要这么取悦你?”

“因为我年纪太小?”

“说不出来,反正到了我这种年纪,不会跟男人吃一顿正式的西餐,就做上什么时候穿婚纱的美梦啊。”

“你确定这不是应激保护措施,为了避免失望太大,干脆先把希望降到零?”

“喂,你是不是希望我现在就跪下来跟你求婚?”

气氛终于又活过来一点,我想起来了,那似曾相识的一幕。

“你这样的人,应该不看日剧吧?”

他点头。我继续讲:“有个日剧,讲死了丈夫的单身女性,跟自己公公住在一起,是不是很奇怪?丈夫是得病死的,死前一段时间一直住在病房,被妻子和老爸轮流照顾。有天晚上,他俩一起从病房出来,走在回家路上,看到一家面包店竟然还在烘烤面包,大冬天看起来真诱人,跑进去买了半条吐司,切好的面包放在怀里。女的说,面包暖暖的,抱在怀里,就像抱着小猫咪,好像有生命一样。

“两个人就在冬夜的晚上,轮流抱着好像有生命的面包,在冬天的马路上,笑起来了。原来无论遇到多么伤心的事,还是可以幸福地笑出来的。”

曾东可能有点醉了,我们几乎喝完了整整一大瓶黑皮诺,他摇着手里的大半杯酒说道:“呵呵,不是什么经历都可以用鸡汤疗伤的，这种失去的感受……”

他仰脖一口气喝完手中的一大杯酒，我觉得他快要哭出来了。作为一个成熟女性，我怎么都做不到矫情地递上一块纸巾，附上一句“我明白”，于是只好转身表示：“我去上下洗手间。”

在洗手间里，我发现对曾东的离婚事件，最同情的不是这个男人，而是那个女人，她真的是不走运。结婚就是这么一件事，不管自己的心情如何，都要跟对方共进退，即便委屈着自己做出一副伤心的样子，枕边那个人没准还是觉得她悲伤得不够，毕竟她妈没死。

想想这个可怜的女人，本来新婚后打算开开心心度蜜月，结果婆婆得了重病，每天去医院报到不残酷，残酷的是，发现丈夫整副身心都悬在另一个女人身上。可整件事里，她有什么错呢？她只是做不到跟丈夫一样痛彻心扉而已，总不能为了这种婚姻里的同步性，整天幻想死的是自己亲妈。

想到张小菲去年升职时，恰逢她老公项目失败，于是一场本该庆祝的狂欢，也就变成了偃旗息鼓式的不在意。直到我升职时，表姐才过来跟我喝了一顿酒，弥补她当时没能雀跃的心情。

在餐厅门口，曾东说：“走吧，我送你回去。”

我婉拒了：“不用了，我自己走回去吧，我想给我妈打个电话。”

“噢，那等会儿见。”说完他就上了一辆出租车。

这人果然喝醉了。我一个人走在马路上，看了看时间，是九点左右，一个比较合适的家庭电话时间，我拿出手机，拨通号码。

等待着电话那头，那个会让一个三十岁女人感到一阵愧意的小名响起：“小苏苏。”

12 最漫长的一夜，我们都干了点什么？

我是小镇女青年，每次别人问我是哪儿人时，我说出的那个地方，总是能让很多人再确认一遍：“你说哪里？”这意味着他们对那里一无所知。

我母亲是典型的小镇妇女，和所有这种类型的妇女一样，十分关心婚姻问题。如果一个三十岁的女人在那个镇上一直没结婚，她就能赢取小镇话题榜前列。在我偶尔出现在小镇上时，想象得出来，那些打过招呼，又闪到一边去的邻居们在说什么：“就是陈家的女儿嘛，三十了还没结婚呢。在上海一个人租五千块的房子，厉害伐？”对小镇人来说，这每个月的五千块，等于扔在水里，什么都没听到。与其浪费这种钱，为什么不跟男人结婚呢？好好买个房子，两个人生活到底比一个人省钱。

这算法一点错没有，如果有人当着我的面这么说，我会讪笑着回答："可是找不到男人愿意跟我结婚。"有那么两次，神通广大的远方亲戚挖出来一个在上海工作的同为小镇人士的男人，恰巧是单身，这在小镇人看来，再合适不过。

我当然不会去，一个看上去既不过分美丽也不过分丑陋的女人，单身到三十岁，无非因为三个大字：看不上。

相亲市场提供的男人，完完全全就是那个被我剔除在外的区间，脸上长了一颗大痣的男人，上面还留着一撮毛，这种男人怎么下得去嘴接吻？手上盘着三串珠子以上的手串爱好者，坐下来就滔滔不绝地谈论茶道、传统文化，恨不得能找个缠小脚的对象……这些奇奇怪怪的男人，如果说有个共同点，那一定是，收入不高。

我们这些一直坚持不结婚的女人，也一定有个共同点，很能花。

我母亲接电话的第一件事，一定是抱怨："苏苏，上次陈家小阿姨帮你介绍的某某，你为什么不去看一看？我知道你要求高，但是没准一记头，就踩中一坨狗屎呢？"

我母亲本质上来说，相当乐天，喜欢各种奇奇怪怪的比喻，哀怨的时候有点琼瑶派的作风。如果一个女人年轻时长得漂亮，受到过别人一点死缠烂打式的追求，很容易养成这样天生做作而矫情的习性，一个男人乐意见到的女人的模样。

第二件事，是嘱托："我说你啊，少买点衣服吧，要买就买贵点的，别买假首饰，你这把年纪，可不好意思戴假货了。"

第三件事，是叮咛："在外面一定要吃好，不要整天想着减肥，女孩子有点肉有福气，听见没，不准你瞎减肥。"

随后，就进入闲聊阶段。隔壁阿姨最近去了泰国玩，她准备报名参加一个小区郊游项目，最近打麻将手气不是很好，身体总觉得不太好了，我再不生孩子，她以后就带不动了。

“嗯嗯嗯嗯……妈妈，不跟你说了，我回去还要写明天的方案。”

“你这个什么破工作，老是加班到这么晚。真是的，老板到底有没有良心？”

恐怕没有吧，如果有，怎么会外遇呢？我在心里想着这句话，随后挂断了电话。好几天没有一个人走路了，点开手机播放器，发现最上面的几首歌，还是跟蒋南在一起时下载的 Paloma Faith，旧恋情像蛇蜕皮一样，以为蜕完了，没想到还有一层。

听说跟一个男人交往一年，需要半年的时间才能忘记。如此推算，六个月的蒋南，需要三个月的时间。也有一种说法，忘得最快的方法，永远都是找了一个全新的代替者。

怪不得，我对蒋南蜕下的这层皮，几乎没什么感觉，只觉得这些歌已经不适合轻软的春天。在严酷的冬天，唯有听着坚强又欢快的曲调，才能快步走在马路上。现在闻着春天这股暖烘烘的气息，只想听点巴赫之类的古典乐。人生不再是一团乱麻，而是像精密的数学推理，一步步愉悦地进行下去。

走到家门口的第一个路口，一个高高的身影站在路灯下，手里拿着一瓶矿泉水，我吓了一跳：“曾东，你怎么在这儿？”

“刚才不是说了等会儿见？”

某种程度上，我很开心，某种程度上，又有点害怕。一个女人的那种担心，让我脱口而出：“你想干吗？”

“今晚，我不想一个人睡。”

好嘛，一个沉浸在某种悲伤情绪中的男人，发出了精准的指令。

他想跟我睡觉。

要知道昨晚我还在跟胡容抱怨现在的男人太飘忽不定，没想到二十四小时后，自己就像超市里最后一袋胡萝卜，被曾东拿在手里急吼吼地跑去买单。超市里开始循环播放：“亲爱的顾客，本超市即将结束今日营业，请妥善安排您的购物时间……”

没有思考时间了，我觉得很难拒绝，就像一辆崭新的特斯拉噌的一下开在面前，要不要试驾一下？

“好吧，不过你要去我家吗？很乱唉。”

“去我家也行，你要去吗？”

“会不会去了之后像《五十度灰》一样，里面有个放满刑具的房间。第二天早上，你送了辆奥迪 A3 的钥匙到我手上，而我已经遍体鳞伤，根本开不动车了。”

“哈哈哈……”

我们在路灯下笑了一会儿，忽然意识到双方都有点傻里傻气。

对一个男人来说，没有比直接提出上床要求更傻了。对一个女人来说，没有比收到上床指令后讲了一个笑话更傻了。

这是什么狗屎类型的调节气氛？

曾东说：“其实你有点害怕吧，我发现你在害怕感情进一步发展的时候，都喜欢讲个笑话，显示自己毫不在意。”

我点头：“当然，你这么大大方方要跟我睡，我怕死了。”

他好像没听到我的回答一样，继续说：“你啊，其实胆子很小，表面上拼命不在意，内心会把所有事情想上一百遍。”

……

“走吧，为什么男人喝完酒话都这么多？”

“成熟男人只喜欢靠行动赢得一切，但喝多了以后，难免要把平常那些不成熟的话通通说出来。我们去哪儿，你家，还是我家？”

“我家吧，不然这时候打个出租车，司机一看就知道，我们要去乱搞了。”

“你这个人，到底要毫不在意到什么时候？”

接下来我一直没说话，在进小区门口时，曾东抓住我的手，又说了一句：“放心，今晚我可能什么也干不了。”

我像一只虾被扔进沸水里，从头红到脚，幸好是晚上，妈的这人到底怎么回事？

他又继续说：“可是就想找人一起睡觉，你晚上会卸妆吗？脸上有点雀斑、青春痘也不要紧。我真的很奇怪，怎么会有女孩睡在我旁边，眼皮上画着一条一点都没有糊的眼线，这他妈女人太不把自己当人了吧？”

“噢，我不会，我只会卸完妆把家里的电闸关掉。”

我记得那种日子，年轻的时候，跟男朋友出去开房，淋浴时避开头部，洗完澡还要把粉饼拿出来补一下妆，到底为什么要这么做，好像年轻的时候认为：这才是成熟女人的做法，不然不是有点太家常了吗？

这个妆直到正式地搞过之后，第二次洗澡时，才会卸掉。胡容说得对，只有正式搞过后，男女之间的防备才会卸下来，像削掉苹果的外皮，难免有点斑斑点点的瑕疵。可是我们已经亲密过了嘛，连内核都已经深入过了，皮就没有了留存的必要，先前的好感会像光环一样，覆盖在那张不完美的脸上。

当然，如果没能建立好感，女人在妆卸掉之前就会离场。

我住十七楼，小区是典型的1990年代的公寓房。在电梯漫长的上升过程中，曾东终于做了一件让一切变得稍微合理一点的事。

在我侧身站在一旁时，他转头俯身，用手扳住我的肩膀，给了我一记结结实实的强吻，退无可退，势不可挡。

就跟想象中的一样，从嘴唇到舌头，都很热烈，犹如一股席卷而来的南美热浪，夹杂着薄荷糖的清凉气息。

脑袋随便转转已然明了，他去了一次便利店，买了安全套，顺便买了一盒口香糖，或者相反，买了口香糖，顺便买一盒安全套。口香糖和安全套，此时都像他身上一个小小的机关，藏得很好，现在已经打开了第一个，第二个机关蓄势待发。

因为这点小小的准备动作，会让人小小地叹一口气，好像瞬间的激情，打了个八折，总不如原价买的痛快。

好吧，我应该是还没喝多，不然不会想这么多。

现在问题来了，我确定自己没到那个份儿上，那个神魂颠倒、肆意享乐的份儿上。即使接吻也不行。

而且那个强吻似乎也在透露着一种信息：让我们赶紧开始吧。

心中那根执拗的神经逐渐绷了起来，觉得这事可能很坏。

从电梯出来，我一言不发地往前走。曾东跟在后面，好像两个刚刚认识的人，转身去一夜情，尴尬得空气中擦根火柴就能燃烧。

但总不能现在转身跟他说：“嗨，要不你还是回去吧。”

曾东跟在后面，简直是甩不掉的背后灵。

在打开门的一瞬间，我知道为什么自己会那么尴尬。面对一个富有的年轻男人，我的贫穷几乎在瞬间一览无遗，三十多平方米的老公房，宜家的廉价家具，即便如此，还是租的。我能跟他炫耀点什么呢？

跟蒋南在一块时，从来就没有这种失落，房子是差了点，可我知道自己还有远大前途，总能过得越来越好。现在，面对曾东我才发现，三十岁，其实能改变的人生，已经相当有限。

阶层的差异感，原来是这样。

“很寒酸吧？”在门口换鞋时，我迟疑了一下，给了曾东蒋南留下的拖鞋。他回答：“不错啊，让我想起以前在英国读书的时候，伦敦那个地方，房租贵得真是离大谱。”

“能不能问一下，你跟姑娘上床，都是去哪儿？”

“静安香格里拉或者浦东柏悦。”

“靠，为什么换了我变成我家？”

“我也不知道，这事对我来说是种程序，约一个喜欢的姑娘，在酒店下面的西餐厅吃牛排、喝红酒，送上一束玫瑰，然后上楼进房间，我以为你不会喜欢这种程序。”

“有钱人泡妞为什么这么程序化？”

“省时省力嘛，不想在妞身上花太多时间。”

曾东对我的书架发生了兴趣，斜坐在沙发扶手上，一本本用手滑过去，滑到一本书，抽出来看，是村上春树的《如果我们的语言是威士忌》。

我本来在房间里转来转去地收拾，像一个停不下来的田螺姑娘，凑上去看见他拿了这本书，才若有所思、恍然大悟——如果感到尴尬的话，还有什么比喝一杯更有效的解决办法？一杯不够，就两杯好了。

“再喝点？我家有酒。”

曾东的眼神很困惑，但还是点了点头。我看了看手机，才晚上十点。

村上春树在《如果我们的语言是威士忌》里，写下一位酒厂经理动人的告白：我之所以喜欢造威士忌，是因为这活计很浪漫，等我现在酿造的威士忌拿到世上时，有可能我已不在这个人世了，但那东西是我酿造的，你不认为这很妙？

我跟曾东的问题是，我们这点感情，酿造的时间似乎过于短促，等到真正赤裸相见时，发现品尝的滋味跟想象中相差甚远。

半夜十二点，他爬起来说，你是那种讨厌男人留下来过夜的女人吗？

我当然否定，不管怎么说，这听起来有点唯利是图，太不讲感情。尽管胡容肯定会承认，只有赶男人回家，女人才能好好睡一觉。

一个多小时前，喝得醉醺醺的我，像往常一样，刷牙洗澡抹上一层又一层护肤品。曾东坐在沙发上看书，我们的情形就像一对老夫老妻，使劲儿要弱化空气中那种初次见面、请多多关照的气息。我刷完牙后找出一把新牙刷、一条干净的毛巾，朝他示意，你可以洗个澡，我是那种喜欢男人事前洗一次、事后洗一次的麻烦女人。

扬完毛巾后，我意识到自己是个真正的傻逼，正在破坏这个柔情的春日里所有的浪漫，正在试图用自己的规矩去驯化一个陌生男人，正在变成男人最讨厌的那种，事儿多的女人。

当他转身进入洗手间时，我又开始了新一轮的忏悔：怎么能当着第一次上床的男人的面，穿着平常睡觉的格子睡衣，在房间里一边刷牙一边晃来晃去呢？不是应该兽性大发，应该像电影里一样，一进房间就开始无尽的缠绵，开始像忘了自己是个人，犹如动物一样性交吗？

到底哪里错了呢？我从来没有哪一次上床，像这样惶恐过。

房间里开着二十八度的空调，暖烘烘的，麦芽酒静静地在橡木桶里发酵，是不是这样？从纯洁的麦芽，变成狂烈的酒，中间究竟经过了什么呢？

等着曾东出来，我翻着一本三岛由纪夫的《金阁寺》，天生残疾，长了一对内翻足的男人，让漂亮女人膜拜上他的双足，以极丑的东西唤醒女人的母性。多好啊，以前的小说里，总是在讲着男人如何拼命睡一个女人的故事。谁知道这个时代，女人会变成极其主动的那一方，比如我，就在床上拼命想着，我到底该怎样睡一个男人，一个年轻、英俊又富有的男人。

他洗了头，用毛巾擦头发的样子，让人想起某种原野里刚刚从水塘中爬出来的小动物，混合着青草的蓬勃，湖水的凛冽。

他坐到床上来，笑眯眯地看着我，我们相距五十厘米，彼此看见脸上的斑点、毛发。如果他是从轻轻抚摸我的头发开始，我们的第一次，应该不会那么糟。

我没能投入，只是假意迎合。

他太年轻，太强硬，我才知道，关于年轻，最大的坏处是，完全不知道女人想要什么。

结束时，我和曾东可能都松了一口气。

我开始想念蒋南，这个水性杨花、极其不靠谱的男人，通过多年来对女人的研究学习，终于知道了在床上怎么能让女人满足。女人想要什么？想要的不是男人多么厉害，也不是多么有技巧，她最想要的，是在床上，她都能感觉到自己是一个被深爱、被珍视，一个让男人无比疼惜的女人。

后来我们睡着了，曾东紧紧抱着我，像他曾经失去过我一样。

我忽然明白，自己不过是一件替代品，一个他原来想抓住、后来却永远失去的人。因此他的手才有了这股让人有点窒息的力量。一开始，我试图摆脱，我想让自己轻轻地蜷缩在他的一个手臂里，但他的整个身体都紧紧包围着我，没有一点松动的缝隙。幸好我喝得足够多，即便是在一个山洞里，都能以折叠的姿势睡着。即便足够清醒，也不想再追问更多。

成年人的世界，充满着各种奇妙的颠沛流离。

这个二十五岁的男人身上，或许背负着一个更深更沉的黑洞，让他从来都不能轻易地放松自己。

13　干得好不如嫁得好？干得好才能嫁得好？

张小菲曾经很讽刺地说过，本来婚姻是为了让人过合法的性生活，她结婚后才发现，一切合法的都是无趣的，一旦都成了一种任务，大部分人执行起来都有点懒洋洋的。反正今天、明天、后天，另一半都在床上等着，哪儿也不会去。

她说真正的夫妻除了有生育任务的，一般都不会在工作日做爱，虽然过程只需要十分钟，但不知道为什么，丈夫要爬上来的那一刻，总想着如果他再也硬不起来就好了。

我的感受是，一场双方都不太满意的性爱，会让人在不得不醒来的早上扪心自问：我们到底为什么要消耗上一个夜晚，却让身体来了一场失败的对谈？

早上八点，曾东匆匆告别，他说他要上班，他走的时候拍了拍我的脑袋说："你再睡会儿。"

这对他来说，大概是个惯性动作，一个能让女孩感觉不错的动作，可以让人感觉到某种关照，某种亲密。但是，我到底年纪大了，我忍不住要舒展一下昨晚因为他紧紧地拥抱而差点扭曲的脊背。我知道，那个摸摸头的动作，也不过是属于另一个人的。

他踏出门的时候，是不是跟我一样，感觉到了浑身的轻松？

我们都在寻找曾经最舒服的怀抱，却明明知道，这个世界上谁也代替不了谁。

我懒洋洋地起身，摸出张小菲留下的烟，在洗手间点了一根，垃圾桶里还有安全套的塑料包装。

法国人说，重新爱上一个人的标志，就是又开始抽烟了。是用香烟来怀念不停息的亲吻，还是用香烟来填补若即若离的伤感？

洗澡，刷牙，换上一身刚干洗过的灰色西装，再披一件黑色大衣，配黑色磨砂五公分中跟鞋，喷上清冽的男性香水，像在黎明起身的战士，走出大门时，告诉自己，学会爱上这个千疮百孔的世界。

而让我不太痛快的是，背后这个小小的、仅仅属于我的世界，昨晚遭到了一次小小的破坏。太早透露了自己的底牌，迟早会输得一塌糊涂。

我讨厌在一个年轻男人面前，让他知道自己一无所有，我更讨厌比起自己的一无所有，他的一切都像一个谜。

在公司楼下买了一杯大杯美式，忽然发现徐总的身影从外面飘过。

糟糕，报告根本没写完，我以为他根本不会来。

或许他是来辞职的？

当我被徐总扣在办公室里谈话说："最近工作是不是有点松懈，小陈你是不是对我有意见？"我发现即便包裹着无懈可击的职场装，依然支撑不起一副铮铮铁骨。

事情没做好，就是各种各样无法解释的心虚。我唯唯诺诺地嗫嚅着："昨晚不太舒服，徐总你给我一个上午，我一定马上弄好。"

像负荆请罪一般，我脱了大衣和西装，在办公室撸起袖子，瞬间进入人仰马翻模式。一边写着策划案一边感叹，老总果然不是普通人体质，后院起火这么凶猛，出门竟然还是一副处变不惊的模样。

广告这行，忙起来可以忘记亲爹亲妈，也可以忘记昨晚刚刚睡过的男人。

中午十二点差五分，我交上还没来得及仔细校对一遍的策划稿，像溺水挣扎中忽然游上来喘了一口气，只想先吃一大块黑巧克力补血，这才想起来，手机上，没有曾东发来的任何消息。

对于男女感情来说，再没有什么消息比没有消息来得更决绝。一个昨晚还跟女人耳鬓厮磨的男人，今天就像去了火星一样消息全无，只为了证明一件事：你不要误会，不要以为睡一觉我们就变成庸俗的男女朋友，完全没有这样的事。

我忍不住苦笑了一下，陈苏啊陈苏，三十岁唯一的好事，是不是接受了任何沉重的打击，都可以变相安慰自己：这不过是芸芸众生中最常见的一种苦恼罢了。你敞开心和身体接受了一个男人，只换来人家绝尘而去、绝口不提。

正想着要不要给胡容发条消息，讨论下消失的男人，办公室里款款走来一个女人，拥有一张看不出年纪的脸，一看就是常年保养的良好反馈，脸上那副自然流露出来的光彩，让我有点惭愧，赶紧拿出包里的粉饼盒，补了补妆。

女人直接走进徐总办公室，午休没走的一群同事瞬间八卦起来，有人透露："是徐总的老婆。"又有人说："一看就是有钱人出身，跟行政部那女人气派完全不一样嘛。"听着大家七嘴八舌讲八卦，我瘫在椅子上，慢慢嚼着抽屉里翻出的一包苏打饼干。

就好像前几年隔壁写字楼闹的一样，原配先把邮件发给公司所有人，再来办公室揪住小三一顿痛打。帮闲们看着丈夫下定决心护小三先唏嘘一阵，看到丈夫向原配挥拳又振奋一阵，这时候人人都可以站在道德高岗，觉得自己毕竟不是那么下作卑劣的人。

可惜，徐总的老婆，一看那风度与气质，就是给这出办公室八卦浇水来的。有人故意走到徐总办公室门口，想听听里面有什么吵闹的声音，当然，什么也没有。

女人再次款款走出来时，众人都静默不语，徐总跟在后面，忽然向所有人发声："介绍一下，这是我夫人。"他又绕到我位子前，说："这是陈苏，内容总监，我手下的得力干将。"

我诚惶诚恐地站起来，把嘴角的饼干屑擦干净，站起来说了句场面话："哪里哪里，还靠徐总提拔我。"

女人看了看我手里的苏打饼干，露出一个完美的微笑，转身对徐总说："你们公司的总监就吃这个啊？走，我请你吃饭去。"

我不敢相信自己的耳朵，是不是搞错人了，徐夫人，我不是你老公的小三，行政处那女人才是啊。

徐总尴尬地笑了笑："好，你们去吃饭吧。"

我必须推一推："啊，徐总，你要的那个策划案，我刚刚才交，你要不要先看一眼有什么要改的。"

他说："没事，先去吃饭吧。"

我就这样，跟老板的夫人，一个穿着Max Mara浴袍大衣的女人，走出了公司大门，满脑袋都是不解，这到底是怎么一回事？难道她是要给我警告，还是想叫我做内奸？

公司对面商场五楼，有一家人均三百元以上的港式茶餐厅，徐太太边走边说："这家有道木瓜炖雪蛤，最适合给你这种工作狂女人补一补。"

我实在有点受之有愧，毕竟昨晚并没有加班，而是跟一位年轻高富帅吃了牛扒、喝了红酒，还滚了床单。

她熟门熟路地带我走到窗外的位子坐下，我讲起客套话："徐太太，您经常来这里吗？"

徐太太开口："别叫我徐太太，听起来好像我是他供奉起来，包养在家的厉害女人，叫我Jessie好了。"她对着窗外一栋大楼一指，说，"以前我在那里上班，跟你一样，是做广告的。不过我做的是户外广告，电梯广告投放那种，我不做内容，在市场部。"

我恍然大悟："原来是同行啊，后来结婚了就不做了？"

Jessie翻着菜单说："不，是赚够了，2008年奥运，那时候广告这行赚钱真是容易，眨眼就是个上千万的单子。当时赚一百万容易得像电影里美国人去淘金，在沙滩上走一圈，桶里全是金子。你知道做广告这行，连花钱的时间都没有，我把钱存着，差不多了就去买套房子。后来就不行啦，广告业又衰弱了，全要靠你们这班人拼命加班，才能抢到单子做。”

她呵呵笑起来，说：“当时我一个月能赚二十多万，势头过去了，怎么可能再安心赚两万一个月的工资？”

我听得有些恍惚，这么说，自己是在搞夕阳产业？

Jessie叫来侍者，询问今天什么鱼比较新鲜。侍者说：“今天的鱼都还不错，蒸条东星斑好不好？两位小姐吃，挑条一斤的就够了。”

她点头：“那就蒸一条，放点梅菜，比较提鲜。”

她又对我狡黠一笑：“今天刷徐总的卡，谁叫他做事不地道。”

我还是猜不透，眼前的夫人，下的是一盘什么棋。办公室政治，我已经是外行，老板夫人的裙带关系，我更加外行。我按捺不住，还是直接开口问了：“Jessie，不好意思我实在忍不住，想问问，找我到底是什么事呢？那个，徐总的事，我真的不知情。对不起，我对这种公司八卦，完全没关注。”

她哈哈笑起来：“你怎么这么紧张，徐总那点事，我哪里会放到心上？我今天去，不过是告诉那些女人，不要把我当傻子，不过你嘛，我一看面相，就挺喜欢，这么傻乎乎的，竟然还能干到这个位置。

“你应该是单身吧？”

我很想说自己不是，很想告诉这女人，不不，昨晚还跟男人睡过呢。但做人最主要，还是要服输，我当然是单身，赤条条来去无牵挂。

她把两只好看的手交叉起来，上面的方钻闪闪发光：“喔，我想给你介绍个对象。”

“啊？”我很不解，“我何德何能？”

没说出来的话是，你连吃鱼都要挑条新鲜的，想必也知道，我这种年纪，不够格上相亲市场了吧，去了也是自取其辱。

Jessie像知道我在想什么：“哈哈，我三十岁那年，也跟你想的一样，一会儿很骄傲，觉得谁配得上我，一会儿很自卑，毕竟到了这年纪，能怎么样？看到你啊，就像看到当年的我。”

“那您跟徐总？”

“他是我二十多岁开始谈的男朋友，我总以为自己能碰到更好的，七八年后，认命了，嫁吧。”Jessie坦诚得完全不像她那副相貌该有的城府，我以为这种一周去三次美容院的女人，一定说话滴水不漏，这辈子都不会对另一个女人打开心扉。

或许有钱女人跟有钱男人真的不一样，有钱男人一般对什么都讳莫如深，但有钱女人因为那份自信，真是对什么都有侃侃而谈的勇气。

我斗胆相问：“Jessie，徐总昨天的事，你真的没什么意见？”

Jessie用手摸了摸自己的脸，说：“不好意思，昨天刚做的超声刀，总觉得今天脸有点紧，不知道会不会笑起来很奇怪。”

我做出一个愕然的表情，忽然觉得跟女人吃饭，比跟男人吃饭有意思多了，后者是随时都想伪装成另外一个样子，前者是只要气味相投，没说几句话就想脱光了伪装，大大咧咧互诉衷肠。

且慢且慢，还是谨慎点，毕竟是老板的老婆。我这种女人，紧张工作的样子就像古代女人紧张她们的老公，唯恐一个闪失，失去救命饭碗。

Jessie露出不敢太用力的笑，说："哎，老徐这个人，真是马失前蹄，搞什么人不好搞，非要搞办公室里最庸俗的那种女人。可能人年纪大了，就喜欢吃最熟悉的家常菜？" Jessie谈论自己老公的表情，就像谈论某个隔壁老王。

我不太明白她这种女人，既然对老公已经连捉奸的兴趣都没有了，不离婚还等什么？

"你奇怪我为什么不离婚？" Jessie朝我指了指刚端上来的东星斑，"你吃呀，别客气。人到了某个年纪啊，就是特别怕麻烦，除非我找到愿意再活一次的真爱，不然有什么好挣扎的？婚姻生活中，还有什么比一个男人自知理亏更妙的东西？"

我不太明白，确切地说，是不太明白这种已然没有爱情的婚姻，到底有什么非要存在着的道理。

这让我更加恐惧婚姻，连吃着名贵的海鲜，都味同嚼蜡。

Jessie重新打开一个话题："对了，介绍那回事，你别当是相亲，就当多认识个人。是我表弟。实话实说，该介绍的我都介绍过了，年轻的、漂亮的，他一概没有要结婚的意思。你呢，应该并不太宽裕吧。"

她打量着我，虽然我身上穿着得体的职业装，但从头到脚没有一样珠宝配饰，还有那只多年前免税店买的天梭，都确切点明了，我并不是一个多么成功的三十岁女性。

"不管怎么说，结婚，都是一个女人积累财富最快的方式。大家都希望你有钱，住在写着自己名字的房子里，出门有辆符合自己身份的车开，对不对？我表弟这个人啊，性格有点古怪，不过人是个好人，你别抵触，随便见见嘛，好不好？”

这话听起来，真像另一个张小菲，一模一样的道理，用最简单的利害因素告诉你，为什么结婚这件事，对一个三十岁的普通女人来说，是个挺不错的事。

可以发财啊。

而我，正是做梦都想发财，虽说不像那些年轻漂亮的姑娘们那样写在脸上，但心里也在呐喊着：给我一个发财的机会吧。嘴里也情不自禁冒出：“谢谢给我这个发财的机会。”

“哈哈哈，”Jessie笑出声来，“你还真是蛮可爱，你比有些小姑娘们要好的地方，就是从来没放弃过努力。做女人最怕的就是想拿男人当靠山，总想着嫁个有钱男人这辈子不用那么辛苦，你看女明星但凡这么嫁了富商，过几年肯定还是要跑出来赚钱。我有个香港女朋友，说香港幼稚园面试，最喜欢的家庭，就是一个看起来随时都要去上班的爸爸，还有一个看上去不缺钱也很有能力，却在家专心做妈妈的全职太太。

“人心都是势利的，谁喜欢那种投机取巧的女人，最好你一辈子都努力上进，做了全职妈妈都一刻不停地在拼呢。”

我同意Jessie说的一切，但还是搞不懂那个最简单的问题：你们的婚姻一点称不上幸福美满，有时自己都绝望得想掉头就走，为什么还要劝别人？

我不是那种会腹诽的人，坦诚，是本人最大的特色。

“Jessie，或许我这样不富有的女人，的确该用结婚来改善一下，但你未婚时已经攒了万贯家财，结婚带来的不过就是一个会搞办公室婚外情的男人，你图什么呢？”

她面不改色，真是好修养，将自己面前的所有餐具摆放整齐，似乎是在用这种方法整理脑海中的思路，随后才开始说：“人性都是贪的，如果你是我，会不会放弃一个身家上千万的男人？小情小爱，不过是稍纵即逝的荷尔蒙，站在一个有钱男人的肩膀上，通常能看到一个更广阔的世界，我想这就是女人的丛林哲学吧。至于婚姻中的痛苦，嗨，人生本来就是这样那样的苦，所谓一个人生活，不过是找了种最舒服便利的日子。可你这么年轻，何必过得这么舒服？”

说到这里，她大概觉得方向不对，又换了句：“结婚到底是苦是甜，别人说的哪里算数？自己不进去看看，多不划算。”

我们约好，挑一个周末，和她表弟喝个下午茶。不管来者是人是鬼，希望，总是一件很美妙的事情。

回办公室时看自己的手机，除了一堆工作信息，曾东依然没有任何消息，又看了看他的朋友圈，没有任何今天的消息。当然，很有可能，他策略性地对我设置了分组可见。我犹豫着要不要主动问个好，当工作邮件的提醒响起时，呼，吹灭了心中那根蜡烛上摇摆不定的光。

14 爱是一口小小的黑潭，时刻让人照出最恐怖的样子

几天后，胡容找我吃饭，开着她的奔驰来接我。我坐进副驾驶时，感慨地说：“总是梦想着有朝一日，能有个开奔驰的男朋友来接我下班，没想到替我实现愿望的，每一次都是你。”

胡容一听这话，却叹了口气，说：“刚买的时候我也很高兴，现在真的开心不起来。记得我上次跟你说，睡的小明星W吗？他在上海有套房子，上个月开着这辆车去他小区找他，保安一边跟我登记一边说，‘看你的车就知道不是这小区的住户啦，这里就没人开低于五十万的车。’”

我哈哈笑了一阵，安慰她：“好啦，你可是睡明星的女人。”

她直视前方，摇了摇头：“这个世界，就是叫你永不满足。你以为爬到某一层，自己可以躺下来休息休息，站上去才发现，非要比以前努力十倍不可。”

我接口道："可能就跟穿高跟鞋一样，本来穿着平底鞋舒舒服服，但看到人家穿着高跟鞋做妖精，凭什么我不行。每一步都踩在刀刃上，流着血也要把路走完啊。再想穿回平底鞋，已经受不了那种平凡的样子啦。"

这天，我和胡容都穿着七公分的高跟鞋，伴随着很多行人的侧目，铿锵有力地走进一家进贤路的西式餐厅。胡容连菜单都不看，就点了菜："田园沙拉，酱别浇上去，放在旁边，烤三文鱼，两杯白葡萄酒，算了，要不开一瓶吧？"胡容问我的意见，当然可以，好不容易是周末，有什么比喝一杯更好的事？

开一瓶酒，也意味着，我和胡容，多少都有着心底过不去的事。我们都过了开怀畅饮的年纪，那是二十岁出头时的借酒装疯，因为什么事都没有，只有用酒精让青春显得疯狂一点。三十岁喝酒，多半是想用酒精融化装在身体里的心事，在醉醺醺的嘴里，最过不去的坎，也可以变成下酒小菜。

那天是我先开始说的，毕竟我的事比较简单，概括起来三句话就够了：碰到一个很欣赏、很不错，居然还很有钱的男人，急吼吼睡了一觉。第二天"吧唧"，男人像去了火星一样没有消息了。

以前胡容听到这种事情，一定会戳着我脑袋骂："有脑子吗？知道男人最喜欢得不到的，还上赶着给，迟点睡会死啊？"

这次她始终都是懒洋洋的、不大起劲的样子，但问题还是正中靶心："睡得怎么样？"

我摇头："不怎么样，好吧，很糟糕，他根本不懂女人要什么。"

胡容冰雪聪明："所以你生气的点是，这样床上功夫不佳的男人，要拒绝也是你先拒绝，怎么能是他先跑呢？你觉得你很丢脸是不是？”

我点头：“完全正确。”

胡容喝了口酒说：“我发现你啊，谈恋爱老是在乎面子问题，喜欢这个男人，你跟他说过吗？没说过吧。他知道你喜欢他喜欢得要命吗？不知道。你明明幼稚得一塌糊涂，连蒋南那种怂货都搞不定，又喜欢把自己装得好像能驾驭千军万马一样，男人跟你度过不太愉快的一夜，当然有多远走多远了。”

我有点生气：“喂，出来喝酒就是为了能跟好朋友一起骂男人，你怎么了，今天枪口全对准我。”

胡容一如既往，不怕我生气：“你有时候真是要面子过头，通俗点讲，是丫鬟命小姐病。仗着自己读过点书，恨不得哪个男人遇到你，就直接拜倒在石榴裙下。最好什么都不管不顾，立刻奉上一枚大钻戒说，‘陈苏你真是人间至宝，我非你不娶。’这是不是你最大的面子？醒醒啦，现在这世道，男人比女人脆弱得多，他们要是有求婚的勇气，这世界上也不会有那么多大龄单身女青年。”

给完我这个响亮的耳光，她才开始喂我吃枣：“好啦，你看你这副要杀人的样子，被我说中了吧。其实我也不想这么说你，也是最近才意识到，抓不住男人的女人，也不全是男人太糟糕，你说这世界上的芸芸众生，谁跟谁能差多少？你遇人不淑，与其说是世道险恶，不如还是怪自己蠢，下次精明点，才算没白吃这种苦。”

我“哇”的一声叫起来：“可是，我还是喜欢他啊！”

我又喝多了。

胡容摇摇头，说出一个最简单的解决方法：“那就给他发个消息，告诉他。”

我当然不肯：“凭什么？该主动的是他不是我。”

“那说明你不够爱他，还是爱自己更多。”

“可是他床上都不怎么样，还搞什么？”

胡容的答案让我觉得她仿佛得了直男癌，句句都在帮男人讲话：“这就跟打网球比赛一样，不是所有对手都有天生的默契，有些组合的默契需要培养。萍水相逢，互相配合不默契，那就永世不再见。问题是你喜欢，你放不下，你在这里光抱怨有什么用？”

我拿出手机，干脆利落地发给曾东一条“去哪了”，随后就耀武扬威：“你看，我发了！”

胡容问我发了什么，我说完她就苦笑摇头：“你跟他只睡了一晚上，就用这种结婚十年，厌恶对方到连称谓都没有的老夫妻态度对话？你要不是被爱情迷昏了头脑就是真正的蠢货。”

她说得全对，我撤回了消息，但感觉这样更糟，整个人被强烈的失败感笼罩。爱情不仅让人变蠢，更让人变得一无是处。忽然之间，一个可以拳打脚踢、自己行走江湖的女人，变成了卑微又懦弱，敏感又自私的小生物。强大的我缩得无限小，小到像随风摇摆的蒲公英，从这个地方消失，飘到哪里去都行。请不要让我一个人面对这世界上最复杂的问题，恐怕即便在世界上活了漫长的一万天，还是没能学会，如何跟生物意义上的同类相处。

跟二十岁的时候一样，心有裂开的感觉。跟二十岁的时候不一样，现在我不会拨打二十个电话追问对方，到底为什么？为了让那种答案正飘在风中的希望破灭，我将二十四小时开着的手机，按了关机键。

我招呼侍者，多叫了一份黑森林蛋糕。胡容看我摆出自暴自弃的架势，也就不再说话。她拿起自己满屏微信提示消息的手机，眉头紧蹙。我拿起手中的蛋糕叉，凛然大义。心里这道裂口，总要拿点代表幸福和美满的东西来塞一塞。

在我吃完蛋糕，上了洗手间，又独自喝了一杯酒后，胡容终于放下了手机，重重往桌上一拍，喊着："受不了！"

"受不了什么？"

"受不了一个男的这么爱我！"

"你确定你不是来跟我秀恩爱的？"

她鄙弃地看了我一眼，说："陈苏我们做了这么多年好朋友，我是哪种人你应该知道吧？"

我知道，胡容像进化版的我，因为比我漂亮了三分，又比我多谈了一倍恋爱，最拎得清的，就是她。我以为她战无不胜，她就是那个能把男人耍得团团转的女人，因为她的秘诀正是：从不会死心塌地爱上谁，跟谁都保持着若即若离。

她受不了的是，忽然勾搭上的明星W，忽然对她发了疯。

我觉得难以置信："怎么可能？一个男明星身边多的是要献身的姑娘，怎么会对你……虽然你漂亮、聪明，但是也不至于，非你不可吧？"

她耷拉着眼睛说："一开始我也不信，我以为都是场面功夫，走走过场，以后见面点头之交，甚至你当看不见我都行，你是什么地位？明星啊，牛郎睡织女，痛苦强过不睡百倍。本来只是凡夫俗子的通俗问题，后来织女一走，他的痛苦成了天下绝无仅有的。我怎么会让自己惦记上这种男人？”

我像在听天方夜谭：“所以他到底怎么纠缠你了？我听说很多明星人品一般得很，你也不至于摆脱不掉他吧？”

胡容刚才骂我的劲儿完全消失了，声线变得十分柔软：“一开始有几天，我们脑子都有点进水，本来当着所有人的面，保持着自己的小秘密，就是件很开心的事。狗仔都在传他跟女明星的绯闻，他却想尽办法来找我，毕竟我所有的招数，都是对付普通男人，不是对付男明星的。

“知道他这样的特殊身份，所以他找我的每一次，我都当作最后一次。最好明天就是世界末日，你来我这里的三个小时，或者我找你的两小时，我们像两个躲在卫生间里的小孩，尽情玩耍，最好大人永远不要来敲门。”

我听得入神，大叹：“太妙了，这才是最好的男女关系。”

胡容接着说：“你知道，最好的东西，都是要代价的。我什么也不想要，就算他红成迈克尔·杰克逊，我老的时候也不会写本他的回忆录，我只想拥有此时此刻。可是W觉得不行。他开始拼命验证一件事——我到底爱不爱他？

“如果普通男人这样，我宁愿搬家、换地址、换手机，也会甩掉这个男人。可他是W啊，大名鼎鼎的W，他发几十条微信给我的时候，我能置之不理吗？如果是一个整天闲着没事干，看偶像剧和逛淘宝就可以打发一天时间的女人，那一定是她想要的爱情。我是从早上七点半起床就要忙整整十二个小时的职场人士，怎么办？

"一个男人很懵懂地问'工作比我重要吗'的时候，你该怎么回答？怪就怪这个世界上所有的娱乐产业，都把爱情哄抬得太高了。"

我见缝插针地问："这么说，他是想正经跟你谈恋爱？"

胡容摇头："没可能，情况比你想的更糟。这些做明星的外星生物，活在拥挤的地球上，或多或少，都有些失调吧。W有抑郁症，目前我不太清楚到底多严重。"

终于轮到我成熟一把："胡容，劝你一句，做人不要太圣母。你觉得你是他的解药，他唯一的解药是看医生，吃药，治病。"

她似乎不想再多谈，意兴阑珊地叫了声："买单，"又甩下这么一句话，"时至今日，我其实已经不太明白，爱是什么了。"

是啊，爱是什么呢？是索取，是回报？是想拥有，是能放手？爱能给的幸福美满，吃两口蛋糕也可以，随爱附赠的苦涩酸楚，在身体里变成一口小小的黑潭，是怎么都摆脱不了的负能量。

胡容为了自保，从来都避免自己陷得太深，情绪太多。她浅浅地在这潭黑水里经过，却被一只隐藏的怪兽抓住，这怪兽伏在水底，狠狠扼住她的脖子，要求她：请给我百分百的爱。

我呢，却被黑潭上方一只本来兴致盎然玩着水，后来拍拍翅膀飞走的水鸟，再次伤透了心。

老板娘亲自来买单，又是一个看不出年纪的女人，像Jessie一样，她介绍了自己的英文名，Brenda。跟Jessie不一样，她看起来就是那种有外国男友的女人，整张脸都挂着自如放松的加州表情："吃得怎么样？我看，喝得蛮开心吧。"

我和胡容都点点头，我夸赞道："黑森林蛋糕真的很好吃。"

走出门，胡容才说：“老板娘我认识，你看她，是不是人精一样？我都要跪服，她可以跟前夫继续生活在一起。”

“什么？”

“她是老板，前夫是厨师，两人离婚后，各自找了新男女朋友，相安无事继续一起开店。”

“唉。”我叹了口气，没办法，山外有山人外有人。我搞不定的，胡容觉得幼稚，胡容不敢进入亲密关系，Jessie 这样的女人能连老公出轨都化为无形。又杀出来一个 Brenda，结婚算什么？离婚又算什么？老娘面前，还不是都要跪下？

我搭上胡容的肩膀：“承认吧，你老是骂得我一钱不值，其实你也差不多嘛，哈哈哈，不信抬头看，苍天绕过谁！”

哗啦一个闪电，曾东现身了，他看着笑得龇牙咧嘴的我，挥了挥手。

我一下觉得自己可能喝多了，难道微信又开发出一种新功能，谁撤销发出的消息就提供谁的卫星定位？

胡容把手里的车钥匙扔给他：“不好意思啦，本来想叫代驾，一想你不就住这附近，哈哈哈。”

“陈苏，上次曾老板帮你英雄救美，你请他吃过饭没？”

我只好假意隐瞒：“以后有机会一定请。”

上车时，我一个人坐在后排，曾东罕见地没有话。我和胡容都喝多了，车里飘荡着 Beyonce 的一首歌：*If I Were A Boy*。

一首歌的时间，胡容从副驾弹起来：“天呐，你们睡过了！”

显然，我一句话没说，曾东已经开向了我家的方向。

15 不想再像野狗一样，在尘世里晃荡

即便过了半个月，曾东当代驾接我们回去的那个晚上，依然是我特别想手动消除的记忆。

胡容跟个蹩脚大侦探一样喊出自己的发现，曾东回头看了我一眼，像期待脑筋急转弯的答案，必须三秒钟之内赶紧说出来。

他是想让我巧妙地化解，还是勇敢地承认？

我几乎是颤抖地送出了答案："曾东，你想跟我谈恋爱吗？"

胡容从副驾驶座转过大半个身子望着我，眼睛里全是震惊。喂，不是你叫我要勇敢吗？不要那么自恋，也不要那么顾影自怜，想要什么就说。现在，我说了。

我想跟驾驶座上这个年轻男人谈恋爱，正经的恋爱，因为这种感情在我的世界里，荒芜太久了，我想有人介意我吃没吃饭，有人在我需要的时候随时上门，有人在说再见的时候，告诉我他去了哪

里。我想跟这世上的一个陌生男人，发展一段持久的亲密关系，不想再像野狗一样，在尘世里晃来晃去。

我可能爱的并不是你，只是爱情本身，但是有什么关系呢？能让我问出这个问题的，只能是你。

车停在一个红绿灯路口，六十秒的红灯倒数，三个沉默不语的人。

“对不起。”

他用了十五秒钟时间思考，就交出了答案。

了不起的年轻人。

曾东没有看我，简单的一句回应，令人刻骨铭心：“我现在还没有恋爱的准备。”

标准的外交辞令，于是忽然间，连坐在一辆车上，也是不可能的事了。

我说了个拙劣的谎言：“啊呀，要买点东西，这里放我下来吧。”胡容快手按了车门解锁，我推开车门，头也不回地走了。

春天多好，心碎的人走在马路上，还有温柔的风抚慰。春天又是多么糟糕，周遭这所有可以令人小小惊叹的某种花香，某种娇柔的气息，一旦只能独自享用，就像一个人吃着一桌华美的宴席，只会越吃越伤感。

在便利店里，买了奶油椰子饼干，一块黑森林制造的甜蜜已经荡然无存，需要再加很多很多的糖，很多很多虚假的快乐。

被心仪的男人拒绝，无异于一场突如其来的事故，虽然事情早有迹象，还是一蹶不振了许久。栽在蒋南身上，是因为他渣，我不过是遇人不淑，到底还可以迅速爬起来，好比公司老板卷款私逃，员工最多觉得自己运气不好。曾东呢，是我心心念念给一家大公司投了简历，对方说了一堆很欣赏很不错，最后以礼貌的姿态回绝，“不好意思，陈小姐，我司目前没有适合您的岗位。”

没有资格，比什么都叫人难过。

胡容感慨：“你那天，真跟自杀式袭击一样，浑身装满炸弹就上了。曾东不适合你，你跟他共事过就知道，这么年轻的男人，城府深得经常让我都吓一跳，你要在他手上，肯定会被他玩死。”

曾东并没有从我的世界里消失，相反，又恢复了我们没睡之前的热情：给我发有意思的公众号文章，最时髦的表情，不咸不淡的寒暄。他似乎在尝试跟我做某种可以一起吃饭聊天的朋友，我不知道自己是不是太世俗了，除了勉强应付外，根本提不起任何精神。

胡容不太明白：“你不是说他床上很糟糕吗？为什么还非要冒险谈恋爱？”

我也不太明白，不甘心？还是因为那晚实在太糟糕，糟糕到我不得不承认，如果不是抱着十足的爱意上床，而只是好奇心和征服欲的话，这事其实一点意思都没有。要是培养出了爱情，可能会不一样？

没等胡容开口，我先讨饶：“我自己给自己个台阶下，你就不用毒舌了。”

经历过严酷的冬天和蠢蠢欲动的春天，生活又回到了大龄未婚女青年的寻常轨迹中：工作，出差，一个人看电影，晚上穿着旧卫衣脏球鞋，邋里邋遢去楼下吃碗小馄饨，高跟鞋和欲望一起收在鞋柜里。健身？没兴趣，觉得把自己弄那么累，根本就是反人类。社交？没意思，只是大段地浪费时间，和很多人萍水相逢，还不如看海洋鱼类迁徙节目有意思。美食？真荒谬，所谓一蔬一饭的幸福，不过是用优雅的精神享受来掩盖动物性的需要。或许恋爱也一样，无数男女之情借着伟大爱情的名义诞生，结局也只是凑在一起睡觉。

对周遭发生的一切积极向上的东西，都想报以冷笑。下班回家刚打开音响，看到篇鸡汤，说不要在该奋斗的年纪选择安逸，什么意思？我就不配四仰八叉地躺在床上玩手机，该马上滚出家门去学法语、看展览、听讲座？得了吧，这些活动才是退休标配。无数人都在讲，只要努力，你就能变成你想要的样子。什么样子？喜欢旅行，变成张嘴就说我在尼泊尔差点死掉，在开罗被性骚扰，在瑞士被房主猛烈追求的江湖骗子？喜欢婚姻生活，变成爱数叨老公不厌其烦一个晚上给我盖三次被子，半夜听到我想吃鸭脖子就满城飞奔去买的秀恩爱专业户？喜欢事业，动不动就工作才是女人最好的伴侣，那种一看就没性生活的女强人？

最让我恼怒的一篇文章，是一个女人写自己如何经历千辛万苦，生了一个孩子，没多久，又怀了两个。而且啊，她在养育三个孩子的过程中，还积极向上创了业，跟老公一点没有七年之痒的痕迹，还全家出门旅行了呢。这女人最后总结道：三十岁前，只要合理安排好自己的一切，就能拥有梦想的生活。

我把文章转发给张小菲，问她："你痛苦绝望，是不是因为孩子不够多？"

张小菲回复："这女人真够自信的，我在自己没闭眼前，都不敢说生小孩这个事情是成功的。谁知道这孩子一生会经历多少问题，谁又知道他能不能解决好每一个气势汹汹横在人生路上的问题。”

她是个悲观主义者，而我，大概是嫉妒吧。嫉妒此时此刻，周遭这么多人过着多姿多样的生活，他们的日子像一条河，欢快地奔涌向大海。

我一个人，缩在一潭死水里，哪儿都不想去。

这样很蠢，但的的确确，干什么都提不起劲。

我没有资格。

张小菲问我，要不要周末去她家吃饭？她儿子过生日。

我这才想起来，很长时间没跟她联络，上次她说想定期来我家放松，结果根本没影子，问她在忙什么。

她回了三个字："找房子。"儿子要上市区的小学，她得赶紧想办法买套学区房。

我不明白："所以，不忧伤了？不绝望了？"

她发了个跳舞旋转的表情，随后在语音里告诉我："我已经离婚了。"

张小菲找了多年的可能，终于因为现在的房产新政，变成了现实。她和她老公共有一套房，她老公和他父母共有一套，在已婚人士只能拥有两套房产的政策下，她立刻叫上老公，痛痛快快去离了个名义上的婚。

想起海子的一首诗：你来人间一趟，你要看看太阳，和你的心上人，一起走在街上。

我嫉妒张小菲，她看了太阳，牵着爱人的手走了大街，然后拍拍手，跟所有正在变糟的一切说了“拜拜”。

我呢，我像顾城的一句诗：为了避免结束，你避免了一切开始。当我真的有勇气开始时，根本不像鸡汤里说的那样，只要尝试去做，就会有回报。

回报是一个冰冷的耳光，告诉我，属于三十岁的忐忑根本不是什么懦弱，什么保守，什么一成不变，那不过就是在反复的失败中，掂量揣摩出的经验。

16 离婚这件小事，何足挂齿？

一个北京朋友跟我抱怨过，上海真没意思，约个饭难得跟什么一样，非得提前一个星期不可。在北京，想吃饭晚上六点叫人，八点一桌人准能吃上火锅，晚来的再一起去撸个串，哪像你们，一顿饭吃完，各回各家，这就散了。

去表姐家的路上，换了两趟地铁，我琢磨着即便自己和张小菲这样在大上海唇齿相依的表姐妹，几年中我去她家的次数依然屈指可数。闲着没事去亲戚朋友家吃顿饭？这谈不上什么享乐什么愉快，更像事务性质的出席。主要原因是，这个城市，难以散发出那种狐朋狗友其乐融融、胡吃海塞的气质，它太积极向上，太精明务实，谁愿意浪费一个夜晚，跟一堆尚未成功的朋友一起放肆人生，谁又愿意聚在一起，只是为了某种虚无缥缈的合作可能或者一见钟情？

一座印有鲜明中产印记的城市，就像开在四车道的马路上，明明知道变道超车没什么意义，但是有点上进心的人都憋不住，只想快点再快点，生命的意义只在于比较。

张小菲家里其乐融融，毫无家庭破碎痕迹。姐夫王道伟正陪儿子搭积木，婆婆和公公在厨房掌勺，张小菲穿一件白色针织衫、一条麂皮短裤，扎了马尾，容光焕发地接过我在小区门口买的果篮。客厅里还坐着几个王道伟家的亲戚，估计她叫我过来完全是撑撑场面，不然难免显得娘家没人。

象征性地打过招呼，她把我带到楼上。这个联排复式小区，最大的卖点，是有个尖顶阁楼，加赠六十平方米。仅仅一个阁楼，都是我住的公寓两倍大。

阁楼里满是小孩玩具，张小菲弯腰收拾了一会儿，放弃了，说："随便坐吧。"我们躺在阁楼的两个懒人沙发里，像两个高中逃学的女学生。我后悔今天穿着一条紧巴巴的裹身裙现身，不知道为什么每次见张小菲婆婆，看她那副从头打量到脚的眼神，就不敢太随便。我跟张小菲说："你婆婆那两只眼睛就像随时在掂出一个人的分量一样。"

她点头："你说得一点没错，以前她在百货商场卖衣服，说自己眼睛一刮，就知道这个人是来随便看看，还是一定会买，连口袋里带了多少钱都看得出来呢。"

"这些问题，现在都不要紧，我可不是专程来听你说家长里短的，你到底真离还是假离？"

"这就不好说了，人性复杂多变，这一刻说好的誓言，下一刻多的是翻脸的机会。我婆婆这么精明的人，即便是假的，她都不可能让我带着房子和孩子一起走。”

“这么说，你现在真的跟我一样，一无所有？买完房子后，只能靠道义让我姐夫再跟你复婚？”

张小菲无所谓地点点头，怔了一下后，问我一个问题：“阿苏，你最难以忍受男人的三点，是什么？”

我老老实实坦白：“我跟你不一样，每一次还没轮到我难以忍受，男人就已经自行消失了。等于终审没出结果，人已经跑了。”

她哈哈哈笑了，说：“对，我忘了，恋爱和结婚不一样，不需要忍无可忍，只需要一点点不耐烦，就能转身走人。”

我还是使劲儿想了想：“唔，不过恋爱中的女人，最难忍受三件事——一个男人每次约会都不买单，每次上床都只顾自己，每次吵架都不主动求和。”

表姐凄惨地笑起来：“我跟王道伟在一起六年，买了整整六年的单。凌晨两点，困得跟猪一样，也要满足老公运动一下的欲望，可这些比起生活中的日常内容，一点都不难忍受。我最难忍受的三点，是他每次回家，都会边走边脱，换下所有的衣服，全扔在地上，需要我一件件弯腰去捡；他每次洗完澡，整个洗手间都像发了大水，需要我跪在地上一点点抹干净；他吃饭的时候，吧唧嘴的声音从来都改不了，需要我把电视机的声音从小调到大。每过一天，我心里的不满就多累积一层，忍不住想把这个人杀掉算了。”

不知道为什么，我对张小菲这些骇人听闻的反对婚姻论，没了兴致。一边说着想杀掉老公，一边连离婚都是假的；一边看婆婆千百个不顺眼，一边心安理得觉得不管父母还是公婆，都活该掏出所有棺材本支持自己买房。明明拥有了了不得的财富，还活得比谁都恐慌。动不动就说自己内心不满足，充满厌恶，无比绝望。永远无法满足，好像什么样的生活，对她都是一种负担。只因为她是出门赚钱的已婚妇女，她就有资格站在世界之巅，陈述自己就是天底下最辛苦、最不值得的女人。

真想告诉她："张小菲，别占着便宜卖乖了，我跟你一样每天熬夜加班，我又得到什么了？就因为五年前没跟你一样，选个月薪五千块的男人结婚，三十岁了还租房子住，出门还要看路程挑个便宜的专车软件，还成了你们心目中超市里那最后一袋胡萝卜。"

"好啦，表姐，你说这些有啥用，你今天离婚，为的是孩子，又不是自己。话说回来，你哪来那么多钱买房子？"

"我婆婆卖了一套小房子，他们本地人，最会哭穷。原来那套房子也不过就是两千块的租金，她把钱给我的时候，说了好多遍没有租金活不下去，我能怎么办？我说买完房子您去收那边的租金吧。她可不会管那房子我每个月还得还一万多的房贷。"

话题还是不可避免转向了家长里短，只不过这个时代的家长里短，再也不是一块钱的小葱少给了一毛，而是最现实的房子，是连我这样的所谓独立女性，都瞠目结舌的几十万上百万。跟他们相比，我简直就像闲云野鹤，不解世间疾苦。

不经大脑的问题随随便便提出来："干吗非要上那么好的学校，把自己逼成这样？"

"时代不一样了，阿苏，我们小时候，上镇上的小学也觉得自己一定会考上大学，永远离开那个小镇。现在，一个小孩随随便便送进一间差学校，等于一开始就打断了他的双腿，他接受到的所有内容，交的所有朋友，都会跟好学校完全不一样。”

“我懂，就像英国有个作家上伊顿公学，培养的一口贵族口音。后来去讨饭也能被警察听出来，恭恭敬敬问一句，‘先生，您怎么会到这一步？’”

表姐干笑两声，拍了一下我，说：“走吧，去吃饭，我已经听到我婆婆上楼的声音了。”

我站起来理好裙子的瞬间，阁楼门口出现了她婆婆的身影，笑眯眯地说：“两姐妹说不完的话啊，小苏你怎么不经常来玩呢？”我顺势拍起马屁：“真羡慕我表姐啊，结婚、生小孩、住这么好的房子，还有个您这样的好婆婆，什么活都给她干好了。”

我羡慕吗？要说羡慕一个每个月还贷款几万块的女人，相比起来，我更羡慕表姐夫王道伟，像地主家的傻儿子，被两个强势又成功的女人放在温室里，过着蜜一般的生活。

即便如此，她婆婆一开始还觉得十二万分吃亏，觉得王道伟傻乎乎地错过了人生的第一次资本积累。作为一个上海人，分明可以找一个本地小姑娘，对方家里也有几套房，即便拿着几千块的工资，靠房租或者卖房，也可以轻易过上标准的中产生活。结果呢，他找了个外地人，虽然这个女人赚钱本领非凡。

当时我也觉得张小菲疯了，嫁一个月薪几千块的男人你图什么？

现在，可能在这所郊区复式里，唯一疯的人是我。当别人问起，我现在是否还租房居住时，我不得不点点头：“是的，没错，还租着房子呢。”这下我完全想起来了，为什么极少跑来表姐家玩，几乎每次来，都有种留级生跑到跳级生家中的羞愧心情。

不可能买得起房子。

还有一件最可怕的事，我忍不住问表姐：“你说，如果我现在结婚生小孩，是不是起码得找个千万资产的男人，我的小孩，才有可能跟你儿子在同一条起跑线上？”

饭桌上一时寂静无声。

我只好自己给自己打了个圆场：“哈哈哈，怪不得电视上征婚有钱人一上来就被一群姑娘抢。”

没有人笑。

真怀念以前因为大龄未婚，被当成饭桌谈资的时代，那时候总有一大群婆婆妈妈热烈地说着：“阿苏，早点结婚，要吃你喜糖。”

不知道什么时候开始，我们这群人变成了过气网红，拼命揭自己伤疤，都不一定有人搭茬儿。在张小菲家的餐桌上，人人都开始关心一个问题：假离婚，真的可行吗？

一个中年妇女笑哈哈地说着：“离婚最好了，离了也不要复婚，一个人过日子清清爽爽。”她老公也应和着：“明天我们就去领证好伐，说好的不要赖。”

张小菲婆婆无暇参加讨论，拿着一碗饭，追着她孙子喂饭去了，张小菲不满意：“别老这么惯着他，让他自己吃。”

小孩躺在沙发上，一边看着动画片，一边吃着奶奶一口口递过来的饭，几口后忽然跳下来说：“我要去外面玩沙子。”

奶奶这个时候得意扬扬地说：“你们知道小孩眼睛里要是吹进

沙子怎么办吗？上周我带南南去广场玩沙子，他眼睛就进沙子了。我急死了呀，吹又吹不得，用舌头给他舔出来了。”

我一阵恶心，王道伟依然一个人拆着螃蟹，表现得对房子里发生的一切置若罔闻。张小菲脸色惨白，后来白转红，一阵风似的快速数落她婆婆：“妈，下次别这样了，进了沙子会分泌眼泪排出来的，用矿泉水冲冲眼睛就行。”

她婆婆一点不为所动：“我跟你说，我这个方法最好了。”

小孩忽然开始哭起来，大叫着：“要出去玩沙子，玩沙子。”

我发现这房子里每一个人，都对这种争吵置若罔闻。男人们依旧喝着酒，女人们依旧闲话家常，好像张小菲、她婆婆、她儿子，三个人络绎不绝的争吵和尖叫，不过是最寻常的一种生活配音罢了。

几分钟后，奶奶带着孙子出门了。我意识到自己在这样的环境里，其实也没什么存在的必要，随便找个借口：“明天还要上班，得早点回去了。”

表姐说：“送你吧。”

坐在她车里，刚系上安全带，她问我：“阿苏，换了是你，你会不会放弃几百万，买一个永远不用面对这一切的未来？”

我一时没缓过神，只能说：“不知道，可能所谓中年生活，就是四个字，骑虎难下。不过你婆婆那种我做的一切都是为了别人，我特别崇高、特别无私的劲头，够可怕的。”

表姐把车开出小区，说：“你是不是觉得她人挺好的，我告诉你吧，但凡总是强调自己什么都不为，全是为了这个家的这帮中老年妇女，没有一个不是控制狂。整天唠叨来唠叨去，我对你这么好，你对我做了什么？其实你对她们做了什么，她们都觉得不够好不够多，她们可是拿了全部、所有的生命来爱你呢，爱到最后，只剩下我什么都没做错过的道德感，就指望拿这个噎死家里所有人。”

我能理解张小菲的痛苦，我妈也经常这样。女人一旦到了某个年纪，就莫名其妙地开始把自己打造成一个圣人，既觉得自己崇高无私，又觉得这个家里所有人都要听她的旨意，她就是上帝，就是主宰家里所有人行为意志的神。

高架上出乎意料并不太堵，表姐踩了一脚油门，神情出奇悲伤地说：“最要命的一点是，我也在变成这种女人，每次王道伟没按我说的做，我就气得发疯。我告诉他给我拿个杯子，他要是在一分钟内没行动，我就一阵血气上涌，怒气难消。”

“表姐，心理学上，管这个叫道德许可效应，一个人卖力工作，就觉得自己有回家乱发脾气的权利。”

“可能是这样，我总是忍不住发火。所以复婚这件事，还真的不一定呢。相比一无所有，毕竟生不如死更可怕。”

我不知道该怎么跟她对话，她说的一切，都超出了我的理解范畴。已婚女人的确跟未婚女人不一样，完全搞不懂她们动不动就绝望、就生不如死。到底是不是果真如此，还是仅仅只是抱怨。

从表姐车上下来，我看着那辆漂亮的白色SUV消失在街头拐角，空有一身疲惫，只想躺在床上，大睡一场。

果然蜷在床上睡着了，午夜时分醒来，看到曾东的一条消息：“在你楼下吃消夜，来吗？”

不知道该说他不识趣，还是无所顾忌，怎么可以前脚打我一耳光，后脚又恬不知耻地勾搭我？

两分钟后，他又发了一条："有件事想告诉你，我恋爱了。"

如果是偶像剧，大概会出现如下情节，我气愤难消地下楼，问他："那个女人是谁啊？"然后他拍一下我的头，"就是你啊。"

如果我是编剧，一定还会加上一段《当哈利遇上莎莉》一般的表白：

我爱你在气温22摄氏度时还觉得冷

我爱你花一个半小时考虑吃什么，最后只点了一份三明治

我爱你用"我是一个傻瓜"一样的眼神看我时鼻子上挤出来的皱纹

我爱你跟我见面后留在我衣服上的香水味

你是我睡觉前最后一个想说话的人

我来这儿不是因为寂寞也不是因为今天是除夕

当我决定要跟你共度余生

我只想我的后半生现在就开始

我在粉色裹裙外搭了一件灰色薄款长西装，脚踏一双裸色高跟，出门前竟然还势利地考虑了一会儿，事到如今，是否依然需要在见曾东前补个妆？

很多天没有半夜出门，外面已经是20摄氏度的凉爽天气。自己不该愤怒得像个复仇女杀手，何必呢？对方不过是跟我约会过几次

的年轻人，他有权利做出任何选择。

曾东一个人站在路灯下，朝我扬了扬手。我不再像以前一样，快步跑过去，相反，走得很慢。这很可能，是我和他这辈子最后一次见面，没必要再着急了。我得再一次感叹，是的，他青春洋溢、英俊又帅气，穿着白色T恤、黑色九分休闲西裤，一双黑白拼色运动鞋，真像橱窗里，那只万分想刷卡买下的名牌包。

“怎么没带女朋友呢？”我装着一脸的若无其事，假装我们是从未发生过任何肉体关系的普通朋友，对他充满关爱。

“陈苏，你今天为什么穿得像去参加幼儿园开学典礼的家长？”曾东脸上似笑非笑，真是他最拿手的表情。

我不假思索地为他补充：“你是说我很像那种渴望跟幼儿园体育老师来一腿的无聊太太？”

其实张小菲如果能降低点道德指标，搞不好现在正万分享受着中产阶级美好的虚假繁荣。

“最近过得好吗？”

并肩走在空落落的街道上，听着他问出这句话，真想配上一个琼瑶式回答，挥起小粉拳，在他身上捶一百下，边捶边哭诉：“不好，不好，没有你，我整个人就像死了一样，答应我，再也不要这么折磨我了好不好？”

想到这儿，自己都笑了，边笑边说：“挺好啊，前男友回来跟我求婚了，送了个十克拉的大粉钻，跟《色戒》里那个一样，足足价值一千两百万人民币。”

曾东吃了一惊，才回过神来：“你瞎编什么呢？”

我乘胜追击："找我干吗？你知不知道电视剧里拒绝女主角的男主角只有一种格式，其实他得了脑瘤，不治之症，才不得不拒绝女主角。一般都是弥留之际，才半死不活叫女的出来见最后一面。"

他呵呵笑了两下，说："就是觉得有必要跟你汇报一下。"

"现在是想跟我做朋友？是不上床的纯友谊，还是只上床的炮友？或者你真的很贪心，想要那种很耐心地听你抱怨女朋友太娇气的红颜知己？"

曾东反问我："你想要做哪一种？"

我摇头："干吗非做朋友？你有了女朋友，预示着这世界上有一个女人对你有了绝对主权，不管男朋友还是女朋友，连主动找你，都成了她眼中的一种罪。何必呢？

"男女之间，恐怕没有朋友这条路。"

他沉默了一会儿，说："那就吃最后一顿饭吧。"

在上海，交个朋友不容易，认识个男人不容易，跟男人上床更不容易，但有一件事非常容易，那就是跟一个男人发生过所有该发生的关系后，在人海茫茫中一刀两断从此没有任何联络。

这类似于某种成熟男女的游戏规则，既然我们不合适，连再见都可以省略，为什么要在这个人身上再花多余的时间？

当有人蓄意破坏这种规则时，比如像曾东这样，不按常理出牌，特地告诉我有了女朋友，又表示要吃最后一顿饭时，我忍不住把这个心仪已久的男人，归类为：傻 ×。

这个傻 × 不由分说，打车带我去了一家居酒屋。模仿深夜食堂的样式，不同的地方在于没有脸上一条刀疤的老板，只有长相温柔的老板娘。

曾东问我吃什么，我想了想，告诉他："这个点吃东西，不是等于自毁人生吗？你吃吧。"

他叹了口气，又笑了笑说："这么容易被毁灭的人生，到底是什么鬼东西啊？"

我还是气不顺："那你希望我怎么样，现在就跷起一只脚，开始跟你做划拳、喝酒、吃花生米的好兄弟？"

他笑眯眯地说："你说你要是放开了做人多好，讲话有意思的女人其实挺少的。"

我已经没了斗志："好吧，下次，等夏天，穿背心、大裤衩出来喝啤酒吃烧烤，怎么样？"

他望着我说："你真的喜欢吃烧烤吗？"

我摇头："不，二十五岁以后就不吃这种垃圾食品。"

他继续问："那你为什么要陪我吃？你为什么没点自己的原则？"

我糊涂了："什么意思？一会儿嫌我矫情，一会儿嫌我没原则？"

他摊摊手说："我只是觉得，你这样很累。你的原则和底线，都像随时可以调整的东西，前男友背叛你，你觉得最重要的事情是拉上我跟他展示一下，你没有输。你为什么不能当场给他一耳光？你跟我在一起，明明可以告诉我，应该怎么做，你什么也没说，你怕伤了我的面子。你对爱情要求那么高，只是为了破除那些俗套，显得自己与众不同。你对男人要求那么低，只是为了在三十岁的时候，证明自己并不是单身，对不对？对你来说，有什么比面子更重要的东西？你真的爱我？还是只爱我是90后，看上去很有钱？”

他坐在我对面，看起来像一个无忧无虑的年轻人，正在指点我这个三十岁的人，放松点，不要这么紧张好不好。

我站起来，“啪”打了他一个耳光，从仿佛静止的空气中，快速离去。

我跑得很快，差点脱下高跟鞋去追一辆空出租车，脑子里一片空白，结果努力了半天，浮出来的，还是老板娘那张看热闹的脸。

我完了，从某种意义上，似乎一下子垮了。

快到家时，才发现，手机没带。

出租车师傅叹了口气：“哎呀小姑娘，你快点拿我电话拨拨自己电话还在不在？”

不知道为什么，眼泪涌上来，几乎要用内力把它逼下去。跟师傅说：“不用了，回去一次，在就在，不在就算我倒霉。”

手机还在，曾东走了，老板娘带着某种惋惜说：“小姑娘，男人多得是，不要吊在一棵树上。”

想大哭一场，虽然我也不明白到底是为什么。

17 老板和老公，都是很难从一而终的物种

会议室里打着冷空调，本公司秉承新加坡国父李光耀宗旨，空调才是生产力发展的重要可能。一旦气温上升到20度以上，立刻猛吹18度冷风，宁可员工冻得发抖，也不能让人昏昏欲睡。

周一九点例会，不得不承认，同事们都是见惯世面的人，徐总的丑闻，转瞬即过，所有人都有本事装作什么都没发生过。绯闻女主角据说正在闹离婚，办公室里的老江湖思路清爽地回应："年轻人就是兜不住事，这点小故事算什么？"

说得好像那次外遇事件，是茶水间里忽然跑出来的一只蟑螂，当没看见，维持着大公司的体面就行了。

徐总依然还是具有亲民气息的领导，九点还没到，推门进来，拿着半打星巴克咖啡，招呼大家，自己来拿。

"不喝咖啡，醒都醒不过来。"他笑眯眯地坐在位子上，只怪这

个位子还不够高，还需要不停安抚手下。大老板过来开会时，连平时最笨拙的女同事，都会拿出专门准备好的榴梿饼，摆在桌上说：“老公去泰国带的手信，大家尝尝。”

呵呵，众人心中一阵冷笑。大老板一边看项目PPT一边吃榴梿饼，吃完照旧不留情面、劈头盖脸一顿骂：“你这个家用车野游计划，搞了一堆人去东北拍雪景，有没有想过，雪景最大的卖点是什么？是唯美，是浪漫！你这片子拍出来跟乡村爱情一样，背景全是人，是嫌客户骂人嗓门不够大？”

底下人扑哧笑出来，都觉得老板骂得很对。

徐总刚在座位上开始喝着咖啡，开始总结最近刚完成的几个项目，会议室的门应声打开，大老板带着一个中年男人进来，打了个招呼，坐在旁边。

徐总热情洋溢地站起来，大声跟我们宣布，他因为一些个人原因，已经递交辞呈。今天开始他将会把主要工作移交给新来的赵总，赵总可是广告界相当知名的人物，多年来亲手打造过无数口碑作品……

我用意念在心里狠狠砸了一只玻璃花瓶，徐总这只老狐狸。

从年初开始，大概四五个项目，不管是隔壁组做砸的，还是没人要做的，徐总通通找到我：“小陈，锻炼一下，吃吃苦。”

我不是傻瓜，接下难啃的骨头，说白了还是因为我是徐总的得力干将，我想借着他一路往上走。有尖酸刻薄的同事在背后说：“陈苏有什么本事？还不就是能哄住徐总？”

或许我还是太懒，血液深处某种安逸过日子的隐形基因，让我傻乎乎地认为，跟着徐总辛辛苦苦加班，总不会有错。像一个已婚女人，信任她的丈夫，认为他永远不会骗她。于是在有生之年，肯定会从失望伤心到绝望透顶无数次。

在职场，信任一个老板，也可能遭遇这种蒙头一记重拳的背叛，只怪自己警惕性不高，活该方寸大乱。

微信里一堆消息，同事纷纷问我，是不是早就收到风，上次他老婆不是叫你出去吃饭吗？

暗暗叫声不好，更糟了。一个老板走了，这个老板手下最得力的干将，很可能变成最刺眼的一个……

两天后，徐总还是找我谈了一次，推上买好的咖啡，一杯甜得发腻的红茶拿铁。

“陈苏，不好意思，没提前跟你讲，我也是忽然决定的，非走不可了。”

“徐总，您这是要去哪儿高就？”

“我啊，准备去大理开个客栈，早就想去了，一直觉得不可能。上个礼拜一个朋友问我，他拿下的那块地要不要？他想了半天，还是离不开城市生活。我想想，不如我先去田园牧歌。真的，也就是忽然觉得到这把岁数了，还纠结什么？”

“徐总，恭喜您全面实现了财务自由。”

“阿苏，如果有空来大理，一定要来找我。”

“一定会去找徐总的。”内心当然在吐槽：去个头啊，饥饱都难说，你倒是开心了，要去大理做段王爷。这种古镇一听就有着丰沛的荷尔蒙，与其在这边冒风险搞已婚女同事，不如换一方乐土。换了我是男人，肯定也想奔去那种乐土了。

不知道他老婆Jessie怎么想的，大理，或许挺适合中年危机，那是一个全新的、不一样的舞台。

徐总给了我一个邮件地址，又连连致歉："不好意思，上次我夫人拖着你去吃饭，她说想介绍她表弟给你。这个人呢，有点怪，不过见一面也不打紧，他没手机，前段时间去了欧洲出差，这周刚回来，如果可以，你们这周末见个面？当给我最后一个面子吧。"

我堆起满脸笑容，刚想对前老板吐一番客套话。倒是他笑得比我还谄媚："没事，就随便见见吧，我们其实也不太抱什么期望。"

那就例行一番公事，我发邮件去，简单介绍了下自己是谁，年龄、职业、身高，绝无任何隐瞒，除了体重上自动减去三斤。想了想，又附上一张照片，照片上的我端庄地坐在西餐桌前，笑意盈盈。好像洗衣粉广告女主角，即便面对一堆脏衣服，都能摆出我是世界上最幸福女人的派头。

收到回复邮件是在一天后："苏小姐你好，玉照已览，不知哪天有空一叙：)"

看到末尾的表情符号，我有了十足的把握，年纪起码大我半轮，只有那群2000年左右接触计算机的人，才会用这么古老的表情符号。

18 单身只会让人越变越丑

站在便利店货架前，拿起每一款饼干的背面仔细查看，巧克力夹心饼，每100克热量2035千焦；海盐苏打饼，每100克热量2031千焦。

我感到匪夷所思并且大为震惊，好吃的饼干和难吃的饼干，竟然要长的肥肉一样多，毫无疑问，所有饼干都是婊子。

拿上一包奶油椰子饼干，这个周五，我还是选择做个毫无上进心的普通妇女。有一本不错的小说，正在家里等我，可以在沙发上读，也可以在床上读，可以一边读一边吃着饼干，永远不用担心，谁会忽然冒出来说："你怎么能把饼干屑弄得到处都是？"

结账买单时，一个年轻男人排在前面，篮子里有一双黑丝网袜，一盒安全套，四罐啤酒，两袋薯片。剧情徐徐展开，吃完饭女生第一次跑到男生家里，男生说我出去买点喝的，他当然不仅仅是买点喝的，他想拥有这个女孩的一整个夜晚。

“恋人用我的皮肤代替盘子，洒上葡萄酒，然后吸入口中，因此我身上到处都黏糊糊的，散发着甘甜的味道。”

一边吃着饼干，一边看着这样的小说，脑海中只浮现一个念头：想找人上床。

想闻到男人后脖颈那股荷尔蒙混合男士沐浴露的味道，想吸吮对方的肌肤，想在床上玩上整整一晚，想第二天疲劳得无法起床，想中午时分偷偷溜起来，到厨房用很多的黄油煎一份培根鸡蛋，像进贡给国王一样进贡给床上的男人……

做爱，又不仅仅是做爱，最好在八小时内，表现得好像我是他最后一个情人。但是出了门又到此为止，不要那些多余的部分，比如两人出门去逛街，他说我喜欢你穿成这样，但结账的时候像正在动物园看猴子一样，完全置若罔闻。又比如他妈忽然有了我的电话，经常发个短信来，提醒我，两人在外面，吃住要节约，有空还是要多放心思在工作上，现在正是事业最重要的阶段。

啊，我真是个傻逼啊，为什么一定要谈恋爱呢？

我只需要一个炮友，一个像蒋南那样的炮友。

他做男朋友十成十的糟糕，可他做床伴，完全好得没话说。

拿起静默的手机，点开微信黑名单，他还在里面，我唯一的一个黑名单好友。只要拉回来就好了，不是吗？

犹豫不定时，手机震了一下，又一下。

是胡容，问我：“干吗呢？”“在家吗？”

我实话实说：“在，正在犹豫要不要把蒋南从黑名单拉出来。”

胡容发了一句："看来天下男人果然全死光了。"

她说十分钟后，来我家一趟。

胡容变了，她原来从不愿意踏进我家一步，理由是，太小了，转身都困难。

周五晚上十点半，她像一阵黑旋风，刮进我小小的陋室。

一身黑，加一副特大黑墨镜，我很不解："你难道现在已经成名了？干吗穿成这样？楼下不会有狗仔队跟着吧？"

她拿下墨镜，左眼一大块乌青，我大吃一惊："你怎么了？"

胡容笑了下："被人打了呗。"

"被谁？ W？他干吗打你？"一连串的问题脱口而出。

胡容像放气的皮球一样，躺在我床上，说："好累啊，想回家躺躺，又觉得非找人说说不可，就到你这来了。喂，你能不能不要把饼干屑弄得到处都是？"

没搭理她，我从冰箱找出来一个冰袋，说："要不要敷一下？"

她摇摇头："过了二十四小时冰敷不管用了，要热敷。"

胡容在床上伸了一个懒腰，说："这还是我第一次被男人打呢。"

我很着急："到底怎么搞的？"

她回答得很轻巧："想跟W断了，他死活不相信我有人，就带了个男的在他面前晃了晃。"

"然后被打成这样？"

胡容沉默了几秒，眼睛看着天花板说："你知道被男人打的感觉吗？像当街走在马路上，被高空下坠的一个花盆砸了头。一开始根本不相信，拳头挥过来，才知道，是真的。”

“可是，这不像你啊，你不是那种有仇必报的女人吗？”

胡容翻了个身，说：“没用，他是W，我去报警吗？我报警只会被狗仔挖出所有的料，被他粉丝骂到祖坟冒烟，没有人会同情我，到最后，我可能只能选择人间消失。”

“可你为什么非要去惹他呢？你就不能睡完走人吗？干吗跟外星人一样的W发展什么长期关系？”

“一时昏了头呗，忽然就脑残了，以为自己多么与众不同呢。等我发现的时候，才知道这种关系多可怕，跟W靠得越近，就越觉得可怕。”

“可怕什么？”

“可怕我过去的三十年忽然一下被暴露啊，你想想，你怕不怕？忽然有一天你所有的历史，被摊在无数人面前，一个个都成了至高无上的判官，要把你往死里赶。”

很多年前，胡容做过一次第三者，不是糊里糊涂，是她懒得去追究，一个三十岁又有规模产业的男人，怎么可能是单身？两人心知肚明地做着表面的朋友，地下的情人，时间一久逐渐越界，男人带她去参加各种聚会，谁都知道他们是一对。这种关系，维持到某一天，胡容忽然知道，情人远在美国的老婆，又怀上了二胎。她怒不可遏，要他给她一个交代。

“没什么好交代的，”男人说，“她是我老婆，你想我怎么样？你有我陪，有我买单，你还想要什么？”

胡容大怒："我他妈又不是二奶！"

分手后，男人往她的账号打了三十万，她本来想正义地打回去，后来想想，干吗跟钱过不去呢？

后来，经常出现在企业家杂志上的男人，身边还是美女如云，老婆依然放任不管。胡容拿着那三十万，想也没想，又筹了点钱，去买了套小房子。

她到现在还后悔：当时太年轻气盛，什么都觉得无所谓。现在才知道，稍微有点家世的男人，都想找个身家清白的女人结婚。她的过去，因为三十万，始终是个抹不掉的污点。

这污点今天忽然又变成一个可以被放大、被追查的八卦，胡容抱着膝，一米七的身体折叠起来，可怜兮兮地说："陈苏，你说我是不是活该？"

从某种意义上说，是的。茨威格说，三十七岁被砍头的玛丽皇后，她那时太年轻，不知道所有命运赠送的礼物，都在暗中标好了价格。可仔细想想，又不对，男人做错的事比女人多得多，凭什么他就依然眉飞色舞、活色生香，永远不会被命运审判？

安慰的话永远可以说得很轻巧："你只是在正好的时间，喜欢上了一个渣男。"

她惨然一笑："说的好像我们过了三十，就会遇见善良、勤劳、勇敢、毫无缺点的男人一样。我现在才明白，精明世故全是因为理智还在，一旦感情占上风，还不是变得一样蠢。"

我决定来一次女士之夜，单身公寓的好处是，随时都能翻出不少可供人沉沦的东西。我有酒，也有烟，冰箱里还有一盒没拆封的北海道巧克力。

“喝酒吗？”

“喝。”

“抽烟吗？”

“抽。”

“吃巧克力吗？”

“不吃，除非哪天我怀孕了。”

我告诉胡容，前几天打了曾东一个耳光。

她很诧异：“干吗？”

“他傻逼，跑来跟我说自己交了女朋友，还拉着我去吃饭。说我爱的是面子，说我这种三十岁的女人，只看重男人的外表和资产。”

“哈哈哈，怎么这么好笑，阿苏你记不记得，我们二十五岁时，老是背后骂男人没意思，只会看女人漂亮不漂亮……”

“好笑吗？一点不好笑，他妈不喜欢我干吗还来找我？”

“可能他也没想明白，曾东真是年轻啊。”

胡容在凌晨两点左右，打车走了。她要坐早上八点的飞机出差，需要回家洗澡、小睡、收拾行李。我有点难以置信：“你准备怎么拿这只眼睛面对大众？”

“全程戴墨镜，谁问就说，刚做了手术去眼袋，不能见人。唉，要不我真去切两刀吧？”

送走她，昏昏沉沉地睡过去前，我把闹钟设定在十点，中午十二点，需要去相亲。对方没有手机，如果迟到的话，会白跑一趟。

19 世界上竟然有不用手机的男人

有人认为，初次见一个陌生人，该使用最高规格：穿最贵的衣服，搭配名牌包，妆容完整，美得走在路上顾盼生辉。这样的第一印象送出去，之后打扮得多邋遢都没关系。

还有人认为，衣服是语言，穿什么样的衣服，是给陌生人传递什么样的心情。

我认为以上全是扯淡，穿衣服完全靠运气，有时候站在镜子前，试哪件都不行，只因为那件衣服完全不符合当天的运气。怎么老有人把女人当成一样恒定不变的物体，好像这个人每天都过着七点起床喝果蔬汁，晚上十点睡美容觉的规范生活，脸上还一直挂着淡然的微笑。

见鬼吧，女人明明比天气还要难以预测。

换了几套衣服后，觉得贵价小黑裙，经典白衬衫，都不符合这一天的运气，最后穿了裸色薄毛衣，黑色阔腿裤，小白鞋，统统都是廉价品牌连锁店里，几百块买的。这种衣服的好处是，换季时扔起来一点不心疼，只要穿过三次以上，就是赚了。

当相亲对象建议约在十二点时，我对这个男人首先有了点敬意。大部分人懒得跟萍水相逢的人共吃一顿饭，约着见一面都是那种谁先到、谁先买单的咖啡馆。他的理由是，餐馆比较好找人。

我拿着一杯街边买的美式，一路晃过去。夏天到来前，这是个散步的好天气，戴墨镜走在梧桐树下的树荫里，感觉非常惬意，像一只毛茸茸的小猫，第一次走在街上，每一步都是占来的便宜。

快走到餐馆门口时，一辆开过的出租车里，有人朝我招了下手，喊着："喂！"

拿起手机看了下时间，十二点差三分，真靠谱。

出租车上走下来的男人，该怎么形容？

如果他没认错，那么抱歉，先生，我完全想象不出来，跟你接吻上床是什么感觉，又是什么样子。

未免年纪太大了点，衣服又太朴素了点，发型也一点不时髦，肯定是小区理发店二十块的杰作。他不是难看，他是那种过目即忘的长相，一个走在马路上我绝不会多看一眼的男人，真像隐没在人群中的便衣警察。

他对我笑时，眉间一片皱纹："你是陈苏吧？跟照片一模一样。"

经历过多次相亲后，我已经懒得问别人叫什么，反正有些人只是蜻蜓点水一般，从水面飞过，荡起一点不愉快的涟漪。

他没有自我介绍，我们一起走进餐馆，我后悔了，后悔穿得太

chic，太时髦，早知道是这种中年男人，穿个卫衣对付下得了。

现在，还得跟他吃完一顿饭。

我点了苏打水、蒜蓉面包、田园沙拉。男人点了一份意面，问我："平常都吃这么少吗？"

"少吗？还好吧，减肥的时候我什么都不吃。"

"你够瘦了。"

不不，我在心里说，一定是因为还不够瘦，所以星期六中午十二点，要跟你在这里约会吃饭。

一起常见的相亲事故，两个完全不合适的人，堆放在一起，几乎可以把空气中的尴尬一块块敲下来。

沉默的间隙，我把前男友蒋南，移出了黑名单。

饿死的人才不管这顿饭是高热量还是健康餐。

"Jessie去哪了呢，我加了她微信，可是她好像好几个礼拜没更新了。"

"她在泰国一座山里禅修，恐怕没有信号。"

"禅修？身心灵？拷问自己从哪来要去哪什么的？"

"是，我也奇怪，为什么人有钱到一定程度就开始追求虚无。"

"哈哈。"他看起来没有外表那么无趣。

我追问了第二个问题："你真的不用手机？"

"真不用，我没什么需要马上联系的人。朋友和工作，都可以用邮件解决。你看，没有手机，我照样可以约到你这样漂亮的姑娘吃饭。"

嗯，我再次在内心回答："可是如果有手机，不管扔得多远的前任，都可以在茫茫人海中找出来。”

“你有什么社交网络工具吗？”

“我用QQ。”

我记得那段用QQ聊天的日子，一整夜一整夜的时间，和一个头像对话，每天都在等一个人上线，后来，人们没有这么整片的感情了。QQ变成微信，可以随时随地找到一个人，也可以随时随地失去这个人，他既是二十四小时在线的，也是不可捉摸随时掉线的。

“你真老派。”

“嗯，如果跟你一样年轻，我或许也会离不开手机。”

“你哪一年的，能问问吗？”

“80。”

“那我们都是80后。”

“哈哈，你还小呢。我们小时候放学书包里揣着板砖去打架，等我们毕业的时候，听说新进来的小孩已经不会打架了。”

是，85后和80后，怎么会一样，就像我和90后的曾东，怎么会一样？

从外表看，我以为这个男人很木讷，其实他很能说，用一种不知道为什么我听起来挺舒服的方式。

我像一个记者，忽然来了兴趣。

“有次看报纸说，三十多还没结婚的男人，不是有难言之隐就是有怪癖，你怎么看？”

他很诚实地说：“我的难言之隐恐怕还挺多的，怪癖也不少。有一条好像很多女人都受不了，我不喜欢穿新衣服，对它们有种恐惧，得花好长时间才能磨合成功，一旦穿旧了，就不舍得扔，有几件衣服穿了十几年。这对你来说，算怪癖吗？”

“算，你要想想女人跟你出门，她是你的门面，你也是她的门面，她装潢一新，你凭什么穿得破破烂烂丢她的脸？”

“恐怕是这样，所以今天如果我跟你一起出门，你会觉得丢人吗？”

“不会，我们只是第一次见面的陌生人，没权利干预你。”

“你想不想出门散个步？”

我点头答应，叫买单，这回我得先买，不能欠他的人情。等下设个手机闹铃，适时溜走就好了。心里隐隐有种现代人欺负古代人的感觉。

服务生拿着账单过来时，我刚想拿着手机问有没有优惠买单，能不能支付宝或者微信？对面这位没有手机的男人从口袋里摸出一堆皱巴巴的钱，快速完成了买单工作。

他让我想起我爸爸，20世纪粗糙的大老爷们儿，钱永远都是在一只称不上是钱包的小夹子里放着，或者乱七八糟皱成一团放在某个裤子口袋。再年轻点的男生，赚到钱后第一件礼物，会给自己买一个崭新的钱包，里面放着无数的卡，不多的现金，钱包里侧或许会有一张女友强行塞入的照片。

男人买完单说：“好几次朋友出去吃饭，结账都没轮到我，他们都用手机付，今天总算抢了一回。我听说现在有的餐馆全程都是手机下单买单，没准以后我就吃不上饭啦。”

真实正在被慢慢吞噬。我陪着男人一路走着，又一路留心着手机上另一个男人的动向。

一个不用手机的男人，很失真。一个许久没在手机上出现过的男人，也很失真。

他走得有点快，相距快一米时，才意识到这点，又停下来抱歉道："对不起，一直一个人走路，其实不太习惯跟人散步。"

我摆摆手说"没关系"。路过那家法国面包店时，想起几个月前，还跟曾东在这里假装偶遇蒋南，在那个想要买一件Burberry大衣的冬天。我用手指给旁边的男人看："在这家店，曾经碰到过前男友，带着新女朋友在吃东西呢。"

他露出微笑："当时你是不是拿着一把刀插在他桌子上？"

我想了想："可能你这种方法更好。如果是你呢，带着新女朋友逛街，迎面走来前女友怎么办？"

他用一种捉摸不透的表情说："如果是她，可能会杀了我吧。"伴着一声干笑。

我不想再知道更多了，也懒得追问，这到底是一位多厉害的前女友，她做过什么惊天地泣鬼神的事。

每个人都认为自己的爱情故事是一部传奇，其实来来去去，不过就是看到开头就猜到结尾的烂梗。

不相信可以当场试试。

"她是不是为了你自杀过？"

"还真是，你怎么知道？"

想告诉他：因为傻逼都是一个成色。

润色一下，我换了一番庄严的结论："十几年前谈恋爱，到底比较穷，流行这种重情重义的爱情。过五年感情就实际一轮，到我这儿，彻夜痛哭、送条施华洛世奇假项链，就是爱。到90后，没有送一个包包不能解决的爱。”

“哈哈哈。”

我们沿着一条小弄堂弯弯曲曲拐进一个小区，他按响底楼某户的门铃，有人应声开门，打开来，原来是个隐在深处的二手书店。

“我经常来逛逛，后院可以吃东西，你要不要点杯喝的？”

一整面书架上满是20世纪80年代出版的旧书，《席勒诗选》《欧·亨利短篇小说》《马克·吐温自传》……一本本翻过来，几乎如时光倒流。一本书的扉页上，购书者写下自己的签名：82.3.2 susan。

三十多年前的一个女人，买了一本诗集，在每个心碎的句子下划线。

每本书都是一个故事。

想起徐总说，这是个很奇怪的人。当然奇怪，没有手机，穿得这么破，又有这么穷的爱好，想必很多女孩一见面，已经扣掉所有印象分，一个落后于时代的人，怎么能一起肩并肩生活？我们这代人，最怕的就是被时代抛弃，一个流行词都要赶紧抓住，使劲用上几十遍，显示自己很年轻，很时髦。

我想跟怪人交个朋友，单纯的朋友。可能真的到了某个年纪，怀旧让我觉得很轻松，相反，不停地追逐时髦又傻又累。

“不好意思，刚才一直没问，该怎么称呼你？”

“我姓吴，单名一个奇，人跟名字一样，无奇。”

吴奇，果然就是无奇的意思？

从书店走出来，我问了他一个问题："你这样的人，为什么要来相亲呢？"

"我这样的普通人，终归还是要结婚生小孩的吧。"

琢磨着这句话，总觉得哪里不对。

"三十岁时，你也这么想吗？"

"真后悔三十岁那年没这么想，如果这样，现在小孩都上幼儿园了吧。"

在暮色中跟他挥手告别，我拿着手中新买的旧书，想到一个很致命的结论：曾东可能一开始，就像今天我对吴奇一样，仅仅是好奇，仅仅是想做个朋友。

仅仅是有那么一个时间段，跟刚刚过去的下午一样，闯入别人完全不同的生活，觉得新鲜、好玩、有意思，觉得这个看似平凡的人，好像并没有看起来那么无趣。

而我，错误地以为，来自男人的关注，必定是爱情。

胡容在北京，还不忘关心我相亲如何，有戏吗？

"见面后完全没有上床的欲望，但是人挺有意思。"

"哪儿有意思？"

"没有手机，还带我去了个二手书店呢。"

胡容直接发了段语音过来："陈苏你是不是傻逼，相亲主要就是资料摸排工作，你老板给你挖个坑，为什么要叫你去相亲？真的普通人他能推荐给你？现在二十五岁的小姑娘出去相亲，都知道问，小区停车位紧张吗？看看他有没有车，走的时候问问他住哪儿，回去查查小区多少钱一平。”

“我都不想睡他，问这些干吗？”

“那你不是该坐下后过五分钟，拿起手机说不好意思家里着火了，先走一步？”

“我就是好奇，不用手机的人平常怎么工作生活。”

“喔，你赚了，起码是外企中高层或者资深技术人员，只有成熟的外企会用邮件处理工作，只有够资深或者够大牌，才敢不用手机。”

“你会不会跟一个连性欲都没有的男人约会？”

“我正在跟一个这样的男人约会。”

“你想干吗？”

“我想结婚。”

周六的公交车空空荡荡，翻开刚买的拜伦诗选：“我看过你哭，一滴明亮的泪……我心想，这岂不就是一朵紫罗兰上垂着露，我看过你笑，蓝宝石的火焰在你面前也不再发闪……”

我拍下来放在朋友圈，深呼吸抒情了一把：纪念逝去的纯情时代。

张小菲点了赞。

曾东回复：相亲开心吗？

我回了个：？？？

他发消息给我：“在跟胡总一起开会，她骂你骂得挺有道理的。”

我不禁坐在公交车上脱口而出：“关你屁事。”然后直接找胡容：“你干吗当着曾东的面说我去相亲啦？”

她回我：“一时激动忘了你们搞过，放心，我就发了那一段语音，给他制造点危机意识多好。”

我：“人家有女朋友了好吧。”

胡容回了一个字：“怂。”

我回复给曾东：“挺好的，你呢，跟女朋友开心吗？”

他：“好，有空一起吃饭。”

我有点困惑：“谁跟谁？”

他：“都行啊，一起我都接受。”

20 如何正确分类使用前男友与备胎？

蒋南来了，拿着一只巨大的保温壶。

上一次见面还是冬天，他跟穿皮草的女人一起吃三明治。这一次他穿淡蓝牛仔衬衫、丹宁牛仔裤、白色板鞋，一如中间几个月只是出了个远门一样，春风满面地在公司门口等我。

奸夫淫妇，勾搭上是分分钟的事，蒋南在微信发了一句："你终于回来了。"我也就顺水推舟，问他最近怎么样？

他说："很好，等下来接你下班好吗？"

"好。"

自从徐总离职，工作量骤减，倒不是说新老板给穿小鞋，而是所有人都发现，有一个英明的领导，做出正确的指示，根本用不着整天加班。这显得以前那些忙碌熬夜，都是因为无谓的蠢和拖沓导致的。

一到标准下班时间，所有人都高高兴兴回家，该约会约会，该带小孩带小孩。以前那个爱在办公室熬夜的姑娘，已经转投阵营，每晚去健身房勤刷马甲线，朋友圈铺天盖地的健身照片。

越没能力的老板，越爱感情用事，早上定好的方案，下午分分钟推翻。提早交的报告十有八九要再改改，最后一分钟压线提交，人家觉得这样才叫用了心。一个方案过了，会叫着一起吃顿饭，拿出一副“兄弟们加油好好干”的架势。刚工作的时候，觉得这样的老板温情、亲民，是朋友。工作久了，才发现感情债最难还，老板递上一杯咖啡，居然会把自己的头递过去给他当夜壶使。

我招呼蒋南，先去星巴克坐坐。

我知道一带回家就没了选择余地。

我们坐在角落，他拧开保温壶说：“下午我用豆浆机煮的薏米水，你喝吧。你看你，最近是不是又老熬夜，又瘦又可怜兮兮的。”

我根本没瘦，因为老吃饼干还胖了四斤，可这话听上去多么入耳。

“怎么想到煮这个喝？”

“你们办公室冷气开这么足，你又老喝咖啡，这种东西哪里能养生，薏米水清热养颜，对你最合适了。”

我摸着额头上刚长出来的一颗痘，觉得蒋南就是女人的贴心小棉袄。乖乖接过他手中的杯子，小口啜饮，没加糖，一股浓稠的米香，无可挑剔的健康饮品。

“还跟原来的女朋友在一块儿？”

我知道蒋南绝不介意多一个炮友，但自己也不想做什么第三者，哪天上班路上被正牌女友“啪啪”两个耳光，大声喧哗：“臭婊子抢我男人！”

我乐意废物利用，可不乐意夺人所爱。

蒋南笑眯眯地说：“我女朋友不是你吗？从前，现在，将来，一直都是你啊，苏。”

他伸起手，揉了揉我的头发：“别傻了，上次那姑娘早结婚了，我就是想刺激刺激你，看你爱不爱我。可你啊，老是一有苗头就跑得飞快。”

我真佩服蒋南，这种话他说起来怎么能这么纯情，明明两人在面包店里吃意面吃得嘴都粘在一起。

他看着我说：“真的，当时在一块是她想找我一起开家咖啡馆啦，最近她到美国买房子去了。”

喔，看来真实版本是：已婚富婆欲包养男小三，遭丈夫发现后出逃异国。

我不在乎这些真相，一口口喝着那抚平生活褶皱的薏米水，搜肠刮肚组织着语言，到底该怎么高雅地表示：亲爱的，我们再来搞一次怎么样？

蒋南看了看手腕上的苹果手表，看来富婆给他添置了不少新装备，说：“我就是抽空来看看你，等下约了朋友吃饭，先走了。”

措手不及，果然世界上的坑，并非都等着我去填。

他走的时候留下保温壶，说：“下次再来找你拿。”

连着几天，蒋南像一只飘忽不定的花蝴蝶一样，经常在午后休息时间，或者下班时，送来点吃的，他是很喜欢在平凡生活中找小惊喜的人。

一份十块钱的陕西凉皮，递给我时说：“这家店的荷包蛋煎得最好，两面金黄，中间是个溏心喔。你别老吃沙拉什么的，偶尔吃点油汪汪的凉皮，赞美一下生活好不好？”

我被蒋南的小确幸喂得迷迷糊糊，差点忘了其实不过是一份地沟油食品。

蟹黄烧饼、菜肉麻酱馄饨、两朵皱巴巴的黄玫瑰，这些东西把半年前熟悉的感觉又带回来了。当时我有一个长得还行，各方面还不错的男朋友，每次跟他走在马路上，我都觉得自己是最幸福的人。

他又一次出现在楼下时，我终于忍不住问：“蒋南，你最近不上班吗？怎么这么闲？”

答案是上次的事故后，他被踢去了闲得发毛的部门，始终不忘上进的蒋同学，现在正在热火朝天地开专车。

我有点难以置信，这样一个吊儿郎当的闲人少爷，怎么会忽然勤奋起来？

夏天开始后，所有人都忙成了陀螺。

张小菲为了买房子，连出差都不敢去，生怕错过签约或办手续。胡容和曾东连续在北京出差，准备一场电影发布会。吴奇已经成了我最固定的qq好友，每天晚上九点，他上线，问我今天怎么样。

我对他说了半句实话，半句假话：“忙着跟前男友复合。”

不会复合，但的确，对你没有想法。

即便如此，吴奇依然会每天跟我聊几句。我问他为什么，他说，绝大多数人听说我没手机后就再没联系过我。

过了一会儿又问我一句：“没有手机，在你们正常人眼里，是不是跟残疾一样？”

我在屏幕前点了点头。虽然我挺喜欢跟他聊天，但还是要确认一下真相。

“我长得应该不像你那位经常要闹自杀的前任吧？”

“你们南辕北辙呢。”

“呃，女人和女人之间差这么多，除非是体重相差五十斤。”

“你看起来正常、乐观、积极向上。”

“这话我表姐也经常说，陈苏你一无所有还能经常笑出来，心理素质真够硬的。”

“哈哈，你表姐没活明白，人能笑得出来比什么都强。”

吴奇有时候跟我讨论，为什么他跟90后完全说不上话？双方都觉得彼此是怪物。

他有两个90后手下，有一次他带着他们出去玩，说不可以发照片到社交网络，不可以在吃饭时拍照，两人蔫了一路，回去后到处跟同事说领导变态。

是挺变态的，毕竟孤独的年轻人，只能靠手机来驱散寂寞。我跟吴奇说：“有没有注意到电视上所有的小鲜肉明星，都没表情？”

面瘫很可能是一种趋势，未来的某一天，人类都不再拥有任何表情，因为所有的表情，都不会有微信号里存的表情图生动。

“那我得多约你几次，你笑起来挺好看的。”

试问天下哪个女人，会拒绝备胎这一选项？

胡容认为我太傻了，想跟男人做炮友、做朋友，这些想法放在心里就好了，何必跟人说出来。一个女人使用前男友和备胎的正确方法，是把他们都当男朋友用。男人就是很贱的物种，花在女人身上的时间和金钱越多，才能越心甘情愿地掉进去。

我做不到，做不到平白无故叫人来陪、来帮忙，更做不到心安理得地花人家的钱。就算是吃蒋南十块钱的凉皮，我也会在星巴克给他买杯柠檬茶，让他开车路上喝。

“不想欠人情，可是会被人忘掉的喔。”胡容这么说。

忘记最好了，相濡以沫，不如相忘于江湖。

坐在蒋南家里，终于明白了那些摇号拍牌的人是什么体验。

等待是多么焦灼的过程。

蒋南变得无比忙碌，每次献点小殷勤，然后转身跑没了影。我那副“给你个机会，你还不赶紧珍惜”的傲娇，只能收起来打自己耳光。

他看上去并不太想跟我发生肉体关系，送到嘴边的肥肉每次都笑着推开，简直两袖清风、一身正气。

这哪里是以前那个随时都像性瘾患者的前男友？

蒋南再次跟我在微信上胡扯：“家里洗衣机坏了，你说换普通滚筒的好，还是带烘干的好？”

我忍不住了：“别跟我扯什么洗衣机了，我只是想跟你睡个觉好不好？”

他打了个微笑的表情（实话实说，我认为这是互联网时代最糟糕的表情），发出邀请函：“那明天晚上来我家吃饭吧。”

胡容说过，再远也不要住到郊区那种地方去。其实蒋南家格调不错，冷色调装修，开放式厨房，水泥地面，墙上挂着几幅印象派印刷海报。家具大部分选了宜家家具，小件混搭几件MUJI。我坐在黑色皮沙发上，对面巨大的电视机正在播放一部国外探险纪录片。

品位好的人，一般都有个不错的家境，在那个原生家庭里，任何土俗的东西，都被巧妙避开。

沙发旁边，放着我常拎的黑色托特包，装备齐全。侧袋放着一条干净内裤，卸妆湿纸巾，一套护肤品小样，日抛隐形眼镜，隔离霜，粉底液，一支口红。

蒋南在我身边坐下，顺势靠在我肩上，眯缝着眼睛说："宝贝，还是跟你在一起最舒服。"

我没有抵抗力，完全被体内的欲望说服了，开心就好，想那么多干吗？

"今天穿得好OL，好喜欢你这种风格啊。"

只是穿了件白色真丝衬衫，黑色西裤，普通得不值一提。

蒋南在我身上蹭来蹭去，我亲了一下他说："好啦，今天准备给我做什么？"

"很简单的，不过我保证很好吃。"

蒋南啊蒋南，喜欢做家务，喜欢哄女人，永远看起来很干净，这样的男人不是gay已经值得放鞭炮庆祝了，我还能有什么更过分的要求？

"喂，能不能借我一套你的衣服穿？"

"你自己去衣橱找找，T恤在下面柜子第一层，运动裤在第三层。"

我走进厨房，从后面抱住他，深深嗅了一记他脖子后的味道，好闻得忘乎所以。

他切着案板上的番茄、胡萝卜、蘑菇，指挥我开一瓶红酒。

“不，开红酒这种事情，一定要男人来做嘛。”在他面前，连撒娇都可以这么简单。

“好啦，我来吧，你去玩吧。”

光脚走进他的卧室，依然是从前的MUJI四件套，我最喜欢的深灰那套。

蒋南很会买衣服，除了一些基本款外，他还会买几件轻奢单品，AX一粒扣西装，Y3棒球外套。他在努力实现着能力范围内最好的生活。

也就是性价比最高的生活，在黑色星期五通过海淘软件解决未来半年的主要穿搭，花七八百买一双国内卖三千多的豆豆鞋，八九百买一件专柜四五千的毛衣。感情好的时候，他教训我：“阿苏，你省下十件ZARA的钱，就能买一件LANVIN小黑裙。”

我佩服蒋南，可以把生活过得性价比这么高。但内心到底还是不愉快，你算老几，轮得到你来指导我怎么生活？我他妈努力工作就是为了随心所欲、想买就买，就是为了不用考虑A家和B家到底谁贵，就是为了懒得去分辨到底哪个网站是真货哪家全是仿的。

打开衣柜时，想起来某次在他家，不小心掉出一张衣服发票，年底梅龙镇广场打折，某个小牌子专柜，挑了两三套衣服，刷卡四千多。蒋南费尽心机教育我，他那个富二代的初恋女友，花起钱来却很节省。

想到这些，我终究觉得，破镜难重圆，经历过的不愉快再次全部浮出来。好啦，我今天只是不负责任地来解决一下性生活的，不是吗？

做炮友比起做女朋友，更开心一万倍对不对？

不对。

打开柜门，挂在最里面的一件细吊带小碎花睡裙，直接扇了我一个响亮的耳光。

血液里忽然涌出一股完全控制不住的，想毁灭一切的欲望。

一个女人在他家留下最醒目的证据，不就是为了向别的女人示威：看，这里我划了地盘。

厨房里蒋南欢快的声音传过来："宝贝，找到衣服了吗？"

"找到啦。"我需要稳住。

随便翻了两件短袖短裤，换上，去厨房。

蒋南正在煮意面，看着我照样嘴甜地说："你穿我的衣服最性感。"

趁他转身忙碌的工夫，我在抽屉里找了一把剪刀，藏在裤子口袋里后便拿着红酒杯晃悠出去。

"你先看会儿电视，我马上就好啦，再做个罗勒番茄沙拉，我新学的菜哦。"

"你什么时候这么会做菜啦，被哪个女朋友调教的吗？"我一边高声回答，一边在卧室，把那件睡袍剪成布条。

愚笨如我，做这种事也像天生的心灵手巧。

吃饭时，蒋南用苏打水和我碰了杯："阿苏，我真的没有像以前那样了，现在才明白，三十了，是该好好成个家了。”

“噢，是吗？”

他的卫生间里有女孩留下的护肤品小样，两个牌子，薇姿和CPB，显而易见，分属两个不同的女主人。

你他妈在对我说着想要重新做人的时候，能不能把这些残留物好好清扫一番？

还是你故意，想让我跟毒皇后一样，帮你清理一下后宫？

当蒋南的嘴唇贴上来时，我意识到即便连炮友都做不成了。

天下根本不存在炮友这种角色，能投入进去的做爱，通通是因为对这个男人抱有期待。

以前，这个很郊区但布置得很有格调的两室一厅，和眼前这个没什么钱却在能力范围内过最好生活的男人，给过我生活可以很美好的期待。我不仅跟他做爱，还跟这个九十平方米的房子相爱。

现在，一切破碎，一切成灰。衣橱里挂着别人的睡裙，蒋南依然说着“以后我们结婚了，要生一个很漂亮的女宝宝”这种无耻的谎言。

我受不了了。强忍着吃完菜，喝完杯中的酒，说：“老规矩，我去洗碗噢。”

他的手机响了好几次，我说：“你怎么不接？”他说：“以前坐过车的客人电话，不想接啦，好不容易休息一下。”

是假话。

我打赌当我洗碗时，他会去洗手间处理一下。

果然，洗完碗，蒋南边穿鞋边说：“有个朋友出了点事，我需要去处理下，过两小时就回来，你在家里等我好不好？”

“啊，不要，我要跟你一起去。”我撒起娇来。

“这么远，你坐车上多累啊。”

“好啦，我忘记拿眼镜了，想去家里拿一下。你知道我这种隐形没法过夜啦，会瞎。”

“真拿你没办法。快点，我们走吧。”

八点钟，我们又上了进城高速，我说：“亲爱的，我想听首歌。”

“好啊，你用你手机连我的音频线。”

Sam Smith，*I'm Not The Only One*。

But when you call me baby

I know I'm not the only one

You've been so unfaithful

Now sadly I know why

Your heart is unobtainable

Even though you don't share mine

“好听吗？”

“好听。”蒋南完全心不在焉。

车在小区门口停住，蒋南说：“过会儿来接你。”

我朝他挥手，看他急急忙忙转过头，迫不及待开出去。

另一个女人等很久了吧？

眼看着他在马路尽头，抢了一个黄灯，急转过去。

“嘭！”一声巨响。

21 Bravo，三十岁女人的收割机

“患者什么情况？”

“车祸。”

“你是他什么人？”

“朋友。”

蒋南血肉模糊地躺在急救车上，我挨着一个医生坐着，看他不停地忙来忙去。

“他不会死吧？”我抖得厉害，说话分外支离破碎。

“目前情况不好说，我们当然会全力抢救。”

蒋南的车左拐时，遇上了一辆大鸣喇叭、径直开来的车，导致他拐得太猛，一下撞在旁边花坛上，整辆车侧翻了。

刚到医院，不知道谁在我耳边说：“小姑娘，快去交住院押金，人都这样了，肯定要抢救。”

我还是在抖，手里攥着事故现场交警给我的蒋南的包，钱包里有他的医疗卡，窗口的人跟我解释，交通事故不能刷医保，只能先刷卡，等定责后再拿发票报。

“能刷信用卡吗？”

“能。”

“一万二，拿好单据，来，签个字。”

我第一次坐在手术室外，交警、医生轮番来问——你是他什么人？

有那么一瞬间，心软了，心想他或许会死，要不要说，是女朋友？光明正大相处过半年的女朋友？

他手机第三次震动时，我接了电话。

一个听起来很娇俏的女生，满含愤怒地问他：“怎么不接我电话？老公，你今晚到底来不来？”

我抖得没那么厉害了，可以平静地送出那句话：“我是蒋南的朋友，他出车祸了，在六院抢救室。”

“你是不是骗子啊？他手机不会是被偷了吧？”女生充满警惕。

我没有心情纠缠：“你自己过来看吧，我在手术室外。”

一个医生跑出来，跟我说：“病人脾脏破裂，要整个摘除。你认不认识他家属，赶紧先通知，万一有什么情况，我们需要直系亲属。”

哦哦，我拿出他的手机，输入他的生日，第一次，有了看他手机的权利。

他母亲问了一样的问题：“不是骗子电话吧？”

我费尽所有力气，告诉她："住院押金我已经交了，现在需要您过来，因为我只是他朋友，没法做主，医生说可能有生命危险。"

电话里的中年女人声音都变了，说："好好好，我马上来。"从上海旁边的城市赶过来，起码要四小时车程。

拿着他的手机，查看一星期内的通话记录，我不知道自己在做好事还是坏事。我有个强烈的念头，如果他真的要死，好歹要让所有曾经亲密联系过的人知道。

"喂，请问你认识蒋南吗？我是他朋友，他出了车祸，在六院抢救室，不是骗子也没有诈骗链接，我看到手机里的通话记录，想通知一下，找到他的直系亲属或者重要的朋友。"

人是陆续来的，截止到凌晨两点，急救室外，站着五个女人。

整整五个，包括我。

每个女人都在狐疑地打量对方：你是谁，你跟蒋南什么关系？

最先来的女人说："我是蒋南女朋友，你们是谁？"

这是我见过最荒诞的场景。

我自愿退出，站在一旁，告诉这个女人："我跟蒋南，只是朋友而已。"

女人们最终还是理清了来龙去脉，蒋南开上专车后，一个接一个认识女人，每一个，他都号称："刚被女朋友甩了，因为没钱，所以出来跑跑兼职。"

他极大地激发了女人的怜悯心，保护欲。我忍不住问这些女人的年纪，看起来我们差不多大。

82，84，85，87……如果不是他生死未卜，我真想给这哥们儿竖一个大拇指，好样的，找到了你的专属市场。一个三十岁女人收割机，追我们不用花太多钱，也不用花太多时间，还能用忙着赚钱来换理解和爱惜。

Bravo！

影帝级的渣男。

我竟然成为过他五分之一的女朋友，我他妈到底有多缺爱？

蒋南的母亲在夜里三点赶到，正好医生走出来："保住命了，谁是直系家属？"

他母亲呜啦一下哭起来，要瘫到地上。

几个女人不知道谁该去扶，最后，走出来的还是叫蒋南老公那个，一把拉住他母亲。

走出医院，天空已经微微发亮。

我想起自己刷的一万二，就当喂了狗？

不不，我转身，跑到蒋南母亲面前，讨起这笔账："阿姨，对不起，现在虽然说这个话不合适，但是押金是我交的，不知道您方不方便还我？"

再次走出医院，托特包里，装着要回来的一万二现金。

这辈子，从来没这么累过。

白衬衫上几抹干了的血迹，提醒我，过去的那一夜并不是梦。

狗血最大的坏处是，能够极大地透支掉一个人的精力。经历过蒋南的车祸后，差不多一个月时间，我没有任何躁动，像行走的尸体一般上班下班。

我迫切感到，做明星或者作家的便利，可以召开发布会说出来，或者写成个小说。我把这事跟张小菲讲了一遍，胡容一遍，吴奇一遍，好久不见的高中同学，关系不错的同事，统统讲了一遍。讲到最后，像嚼过三百遍的口香糖，自己都觉得腻了。

差点变成陈苏牌祥林嫂。

胡容听完，第二天就快递给我一个东西，我在办公室拆出来，吓了一跳，一根电子按摩棒。打印出的留言字条更叫人脸红：早知道你要去找他，我就早送你了。

不过实话实说，效果不错。不禁感慨："相逢太晚，如果早一点，或许蒋南不至于送掉半条命。"

没再去过医院，不想再跟这个男人有任何关系。如果说我三十岁的人生，只有他的故事算精彩，那一定是我活得太无聊了。

吴奇听说我做了一次人家的五分之一女朋友，震惊了很久，说："完全看不出来你还有这种特异功能。"

随后抛给我一个知乎体问题，做五分之一女友，到底是怎么样一种体验？

"嗯，即便他车祸死了，我也不会伤心。"

"那我就放心了。明天晚上一起吃个饭？"

"不了，最近没啥胃口。"

"那喝个咖啡吧，耽误不了你多久，陪我这个不用手机的古代人喝一杯。"

我答应了，虽然知道，这是最常见的"让步性请求法"，先要求做一件事，如果被拒绝，利用对方那一点点愧疚感，顺势提个小要求。大部分人都不会拒绝。

他和我喝一样的黑咖啡。

他换了件略新的T恤，略新的裤子，看起来没那么落魄。

还是很普通。

这天早上就开始下雨，吴奇拿着一把黑色的雨伞，穿了一双黑色的登山鞋。

我打趣他："穿着这种鞋，是准备去冲锋吗？"

他答："跟你见面，对我来说真是一场冲锋，上次跟活的女人一起坐这么近，还是我们第一次见面。"

太会恭维人了，我已经有了渣男闪退体质。

奇怪，即便有那么一段不说话的时光，也觉得没什么不妥，不用硬凑话题，不用聊这该死的黄梅天，也不用聊晾一星期不会干的内裤。

吴奇沉默的时候很安静，绝不会有什么坐立难安的忐忑。

我把手机收了起来，连续三次震动，都是新闻推送，还都是最无聊的新闻推送：某某女明星穿这样的裙子真是美上天了，不得不服。

现在的网站编辑是怎么迅速掌握三俗语言又迅速活学活用的？真是一个谜。

没什么人爱我，没必要再看手机了。

想做一件下雨天不会做的事。

我问吴奇："想不想去锦江乐园？来上海这么多年，一次都没去过呢。"

我们是坐地铁去的，买票后发现大部分游乐设施都关了，淅淅沥沥的雨中，只有摩天轮缓慢地转动着。

我让吴奇等着，自己去买票。他坚持，他们这一代，没有让女人花钱的习惯。

是，以前的男人，谁能想到有一天女人能跟他们赚一样多？

我不知道坐摩天轮是一个这么缓慢的过程，缓慢地上升，缓慢地掠过天空。这一片的城市景观没什么好看，无非就是高矮不等的楼，灰暗的天空一侧，有飞机开始逐渐下降，准备降落。

我和吴奇静静地看着外面的景色，转到最高点时，他才忽然蹦出来一句："总感觉这时候我应该从口袋里掏出点什么东西送给你。"

"哈哈，因为电视剧里男主角最喜欢在摩天轮里告白和求婚。"

"好像有点阴险，这女孩要是不答应，两人还得关在里面大眼瞪小眼。"

"所以男的提议去摩天轮，女的应该就会适当警觉吧。恋爱中的套路不就这些吗？你坐过过山车没？"

"我没。"

"日本人把游乐场列为恋爱必经场地，去里面做各种危险项目，容易引发吊桥效应，太危险了，会情不自禁牵住对方的手。"

吴奇想了一会儿，才说："这种占便宜的方式也太不要命了，我拒绝。"

"哈哈。人类为了爱情，可是绞尽了脑汁啊。"

雨越下越大，我说出了一个自己解释不了的疑团，一个很多天来，都难以解释的问题。

“真的太奇怪了，我明明是个很软弱的人，可为什么一点都哭不出来呢？看到前男友快死了一样地躺着，我居然什么反应也没有，正常你说是不是该哭？”

“不哭也正常，这家伙不是不厚道吗？”

“是啊，做了人家五分之一的女朋友，总该为自己哭哭吧？”

“哭不出来？”

“完全哭不出来。对着电影、公益广告，都能哭得一塌糊涂，发生在自己身上，被男人甩啊、骗啊，明明该哭的地方，都哭不出来。我不记得上一次为自己哭是什么时候了。”

我记得很久以前，蒋南就说：“陈苏你怎么从来不哭呢？你要是能为我哭，我什么都会答应。”后面半句是骗人的，前面半句我也奇怪了很久，不仅是哭，生气也绝不会达到峰值，再怎样过分的事，都像被绑住了手脚一样，做不出来。

不能“哇”的一声哭出来，可能就像曾东说的一样，这么多年，我已经学会把所有的期待，调到最低值，像一杯水结成了冰，无论如何，内心都不会再动摇。

不会再肆无忌惮相信一个人了，不会再无所顾忌爱一个人了，更不会再毫无畏惧进入一个人的生活。

“是不是很惨啊？”

吴奇把手放在口袋里，两眼看着窗外说：“小朋友才会哭啊，我们大人都不会哭。”

我在心里说：“可是就想在一个人面前变成小孩啊。”

裤子口袋里的手机震起来，张小菲发消息问我：“认识私家侦探吗？”

我一边回：“不认识，怎么了？”一边问吴奇：“认识私家侦探吗？”

他摇头。

张小菲发消息：“想找人查查王道伟，你在哪儿？我去你家找你？”

跟吴奇道别，转身打车去找我表姐，一个焦灼万分的已婚妇女，哦不，离异妇女。

22 感情不好，谁敢去假离婚？

“你去哪了？”

看到张小菲背着她最贵的一只包，掐指一算，今天肯定是幼儿园活动日，暨已婚妇女大型穿戴装备竞赛日。相比之下，我手里拎着的白色布包，透着一股绝对的霸气，上书“光脚不怕穿鞋的”。

“去锦江乐园啦。”

张小菲听说我跟一个没有手机的男人，下雨天去锦江乐园坐摩天轮，流露出一个“闭门苦读的好学生撞到网吧通宵过夜差生”的表情，拍拍我肩膀赞道：“真羡慕你。”

跟胡容不一样，张小菲的视角里，未婚女人不管是伤还是痛，都是轻巧的，反正都不如她的痛苦绝望深刻。当然，在我看起来，她也不过是走了一条死胡同。

几个月前还说王道伟出轨无所谓，不在乎，根本不关心。此刻坐在沙发上，神情高度紧张，一点一滴说起她发现的蛛丝马迹。

一周前的周末，一家人开车陪小朋友去游乐场。儿子和婆婆坐在后排，她开车，老公坐副驾，某个右转弯处，她用余光瞟了一眼王，发现他正在看着一条没点开的语音信息，随后以半秒钟的犹豫，选择了退出。

这事像一个小小的线头，让张小菲有了顺藤摸瓜、追查真相的迫切欲望。

“你会看男人手机吗？”

嗯，不久前刚刚看过蒋南的手机，现在想起来，其实有点后悔。他一个人热情似火地玩着欺骗游戏，用尽一个男人最大的潜能，给尽可能多的女性朋友们，制造爱的感觉。讽刺的是，到后来，我发现绝对该给他送面锦旗，真正的妇女之友。

只是骗骗感情嘛，只是互相取乐嘛，只是他觉得，单独一个女人，完全满足不了他的情感需求嘛。

如果可以选择，我甚至希望故事是这样改写的，他回来找我说“阿苏，你是我唯一一个女朋友”，然后转身干脆利落地被撞死，让我一辈子都沉浸在曾经被一个人这么爱过的虚幻之中，让整个人的存在感得到大幅度提升。

可惜没有，滑开男人的手机，女人会发现，原来人心有这么多褶皱，一层又一层，翻开来看，全是污垢。

“你还是别看了，干吗把自己搞得跟便衣警察一样，天天暗中监控自己老公，巴不得挖出个大证据。”

“你傻啊，我当时为什么搞假离婚，因为我百分百确信，虽然我跟王道伟闹过无数次离婚，但他绝对不会离开我。感情不好，谁敢去真的离婚买房？”

我糊涂了：“那你以前又是绝望又是心酸的，全是消遣我呢？”

张小菲耷拉着脑袋，沉默良久才说：“以前活在对爱情的渴望里，现在活在残酷现实的挣扎里。”

她感性完这一秒，立刻换回最刻薄的理性，继续拿出若干证据。

王道伟没换手机密码，可她牢牢记住了那一天那一瞥的画面，对话框头像绝对是个女的。像伺伏的间谍，她终于找机会翻到老公手机，里面干干净净如同职业杀手杀完人后的犯罪现场。鬼使神差一般，她打开了老公的微信红包，有人说过，微信红包的交易记录是删除不了的，当一个男人想要取悦一个女人，他一定会频繁地给她发红包。

我听到这里不禁拍案叫绝，佩服起女人的智慧来，千万年来血液里追求安稳生活的基因和时刻害怕失去这种生活的恐慌，把所有已婚妇女都塑造成了伟大的福尔摩斯。

无论如何，都不能想象，自己的生活将变成这样，我忍不住在心中给不用手机的吴奇加五分，他以自绝于人民的方式，换来了绝对的安宁。

“你到底发现什么了？”

“呵呵，我点开手机前心情就跟当年高考查成绩一样，点开后发现，里面还有一个手势密码。”

“哇，大片啊，你是不是眉头紧皱，在最后一秒，想出了密码？”

“没有，试了两次，都不对。”

“会不会是你想多了？”

张小菲看着我说：“那是吃饱饭没事干的女人才会做的事情，你看我闲吗？”

她又跟我说了几件事：第一，王道伟明明是个生活懒散、手机信息塞了一千多条都不会清理的人，他怎么能做到小心翼翼地删除各种微信记录？

第二，王以前并不怎么爱谈工作，他对工作没有什么巨大的热情，但最近每次手机在家里响起，王都会很认真地回复，说是新来的上司，给他搞了很多不必要的麻烦。

换了个普通的、靠老公吃饭的女人，这时候或许已经开始搏命闹一闹，可张小菲怎么能做这种事？她既做不到拿着手机死缠烂打，要老公给一个明确的解释，也做不到去办公室实地探测，看看是不是真有这么个半夜十一点还发消息改文件的老总。

她是个体面人，体面人不喜欢一哭二闹三上吊的方式，虽然对大部分男人来说，无赖才是最管用的招。

“所以我想找私家侦探，我有知道真相的权利。”

“我问过朋友，说请私家侦探的，一般都是有巨额财产的，你确定真要花这笔钱？而且，离婚就是离婚，就算他出轨，你也追不回任何财产。”

“是，每次一想到这个事，就觉得百爪挠心，翻来覆去都睡不着。王道伟说下个月要去南京开会，两天。以前他去出差，我很开心，觉得终于解放了，现在情况不一样了，无论如何都想知道，他到底去干吗？”

"好，我帮你去问。"

我抱膝坐在地上，看着沙发上的张小菲，认认真真多问一句："如果是真的，他真出轨了，而且不是最近，你们离婚前他就一直在乱搞，你打算怎么办？"

"你知道当我在车上，看到他看手机的样子时，第一反应是什么吗？"

"愤怒？"

张小菲紧绷的脸一下子垮下来："很难过。我以为这个世界上肯定会有一个人，百分百爱我，我以为我们吵得再凶，还是会跟王道伟说得那样，年纪大了一起手牵手去瑞典湖边坐着，什么也不干，就看着湖，看着对方。

"阿苏，我好怕啊。我脾气这么差，除了会赚钱，从来不会哄老公，也从来不会低头，你说没有他，是不是这辈子都不会有人再爱我了？"

看来不管已婚、未婚，几乎每个女人，在遭遇男人变心的时刻，都不免想到这样的问题：我会不会失去了这世界上唯一爱我的人？会不会从此孤独终老，会不会一个人形影相吊，再没有爱上别人的理由和机会？

张小菲哭了，眼泪夺眶而出，哭得粉底都花了，真的跟小孩一样，哭得忘我、彻底，一点没有掩饰。

我递上纸巾盒，再一次感觉到，她比我幸福，在这个世界上，还有一个值得她痛哭的男人。

想起很多年前，我有一个非常上进的男友，几乎就是男版张小菲。还没毕业的时候，他就指导我应该怎么找工作，上班了指导我应该怎么样做职业规划。我们还一起去看过房子，像所有准备正经过日子的小情侣一样，在旧房子里感慨怎么这么破，在新楼盘里咋舌怎么那么贵。差一点我就跟他走进上进的人生。

当时我自愧不如，心想年纪差不多大，这男人怎么可以这么成熟？就像我想不通张小菲怎么能走好人生每一步，一点都没有犹豫。

此刻，看着痛哭的表姐，才知道那句话没错：没有人真正成熟，有些人只是表现得比别人更加自信而已。

外面的雨越下越大，看起来像是永远不会停的样子。张小菲抽泣几声后，终于停住，从手袋里摸出粉饼和口红补妆，嘟囔着说："九点前要回家给儿子讲睡前故事，你呢，今晚还准备干什么吗？"

"我还能干吗？洗洗睡呗，不过现在有点饿，你要不要吃点东西再走？"

张小菲叹了口气，说："算了，回家吧。"走之前又扔下一句，"要是王道伟真敢出轨，我一定让他血债血偿！"

铿锵有力的高跟鞋声"咚咚咚"地消失在楼道里，表姐又重新焕发出了活力。

我饿得要命，在锅里煮了三个鸡蛋，琢磨着一个无聊的问题：是不是婚姻里的猫抓老鼠，警察抓小偷，就是类似已婚男女间的冒险乐园，所以大部分人玩得兴致勃勃，不舍离场。难道忠贞，才是杀死婚姻的杀手？王道伟没这么多小动作时，张小菲可没这么要死要活的。

门被敲响时，正用卸妆湿巾擦粉底的我，半点不怀疑，肯定是张小菲落了什么东西。

他站在门口，浑身湿漉漉的，带着某种暖烘烘的青草气息，朝我微笑着。

23 你就是仗着我喜欢你，为所欲为

“你来干吗？”真后悔五秒前拿了那张卸妆湿巾，整张脸擦了一半的粉底，该不该接着擦下去？

“我辞职了。”曾东从外面进来，整个房间的荷尔蒙指数瞬间升高，“路过你这儿，想上来跟你说说。”

“真路过还是假路过？”

“嗯，就是想来跟你汇报一下最近的状态。”

伟大的男女关系导师胡容说：“第一次睡觉，一定不能带回自己家，谁知道你想不想再跟他睡第二次。可有些不识趣的人，特别认门，没事就跑过来，以为这地方是他的第二个行宫。”

“你确定你没喝多？”递给他一块大浴巾，这是我最后的仁慈。

“也不是每次都要喝多，才有勇气来找你。”他撒谎，不用凑近都闻得到一股酒气。

我发现有些话，我能在内心呐喊一百遍：“你他妈有女朋友，莫名其妙来找我干吗？我他妈看上去到底多随便？！”

但说出口的话，只能是淡淡的“喔”。

“你在锅里煮什么？”

“鸡蛋，吃吗？”

“只是鸡蛋？”

“高营养高蛋白好不好。”

“你折磨别人不行，但是折磨自己很有一套嘛。”他用浴巾擦了头发。

也不是这样，今天纯粹是懒，可是我们之间到底还有什么好说的呢？这句话，照样在心里说了一遍，我转身走进卫生间说：“我先洗脸。”

我又心动了，我能感觉得到，好像心脏上有一片小小的草原，一股微风在吹拂着它，这些草正在肆意地伸着懒腰，一个声音在说：“他干吗来找你，一定是喜欢你、爱你、离不开你。”另一个声音在说：“他就是搞暧昧的混蛋，他就是仗着你喜欢他，为所欲为、无恶不作。”

不想承认是后一种，他毕竟是我喜欢的人，我怎么会喜欢这么可怕的人？

洗完脸出来，鸡蛋还在咕噜咕噜地煮着，曾东躺在沙发上，睡着了。忍不住想骂句脏话：“靠，心这么大，敢在姑奶奶家睡着？”

用手指戳了一下他，完全没反应，身上的衣服还是半湿的，干脆晃他，喊道：“别这么睡啊，会感冒。”还是没醒。

我一个人坐在厨房里，吃完三只全熟的鸡蛋，意犹未尽，又拿牛奶泡了一大碗麦片，边吃边看一本小说。书里有个可怜的女人，丈夫被追债四处躲藏，这女人跑去小酒馆准备做苦工还债，看着丈夫领了阔太太来还债，从心底为他高兴。接着继续在酒馆干着活，下班回家的时候和丈夫说："我觉得现在好幸福啊，真的好幸福。"

我相信她是真的幸福，从一种绝境里出来，连片刻的喘息，都觉得是幸福。

这天晚上的雨越下越大，连绵不停，曾东没有醒，最后我也困了，匆匆洗完一个澡，在卫生间换好一套最保守的短袖长裤睡衣，躺到床上，呈挺尸状。我以为我会辗转难眠，其实没有，大量跑到胃里的麦片急需供血消化，脑袋昏昏沉沉一片，马上酣睡如泥。

是梦吗？梦里我睁开眼睛，发现他在对面静静地看着我，像我希望的那样，用手轻轻摸着我的头发，一言不发。一定是一个梦，一定是心脏上的草原，在往错误的方向摇摆。

我闭上眼睛，想搞清楚，这到底是不是一个梦，还没来得及睁开，有一个吻，轻轻降落在嘴唇上。

一开始，是一个很忐忑的吻，像轻风拂过水面，像海岸深处随波摇摆的水草，须臾出现，须臾消失，像一只美丽的鸟，在天空扇了下翅膀。后来，吻像密集的雨点，开始降落在眼皮上、额头上、脸颊上，吻幻化作一阵雨，轻飘飘地下着，心像被打翻的蜜罐，是融化的，黏糊糊的一团。

吻再次降落到嘴唇上时，变得异常缠绵，热切。我沦陷了，掉在这个深不可测的吻里，可以，可以，什么都可以，只要你想要的，我什么都给你，什么都没有关系，只想活在这一刻，只想时间永远永远停止在这一刻，一个只有这个吻的时刻。大脑空白，心里在呐喊：“请吃掉我吧，请吃掉我。”

然后，吻收住了那张可怕的网，他抱住我，像安抚一个孩子，我们的每一寸肌肤，都紧紧贴合在一起，皮肤如饥似渴地拥抱着，某种说不清道不明的东西，我能说是爱吗？充盈着每一个打开的毛孔。

我再次睡着了，跌入美妙的梦境，这回去得更远，在某个大海边，节奏缓慢的海浪声中，我在卫生间的大镜子前洗着脸，曾东坐在身后的浴缸上，在镜中我们视线相交。他站起来，从身后轻轻地抱住我，温暖的晚风中，我们一步步摇摆，如痴如醉。

醒来时，雨还在下，旁边没有人，沙发上也没有人，曾东走了，我摸到手机，显示时间，凌晨四点。

我站在窗边，看着一阵阵瓢泼大雨，内心升腾起一种巨大的失落感。

这么大的雨，离开的时候，应该很孤独吧。

“曾东辞职了？”

“对啊，准确地说，是带着项目跑了。”胡容语音里透着一股嘲讽。

“什么？”

“早跟你说他心机深，有个IP我们公司在谈，没怎么重视，他自己把这IP买了，又找地方卖了，听说赚了不少钱，现在好像要自己开公司吧。”

过了一会儿，又是一条："你说我是不是老了，这种半道截胡的钱我不是赚不了，但却前怕狼后怕虎，总怕两手空空，最后什么都没落着。"

我回了四个字："无法评价。"

雨从六月下到七月，在连绵不断的雨里，一切意义正在消逝。工作缺乏灵感，生活缺乏光彩，就连楼下星巴克的咖啡，喝上去都淡了许多。

所有同事看上去全都萎靡不振，每个人握着手里的美式或拿铁，愁眉不展。只有赵总，像一只精确的钟一样摆动着，毫不留情面地提醒所有人，他可能要开始准备打分机制，每个月各部门各小组内部互相评分，部门间项目互相评分。徐总的策略是，培养感情让你卖命，赵总的策略是，培养兽性让你搏命。

我想象得出那种场景，会议上两个人互掐起来，一定会像古罗马斗兽场一样，表面的和平下，充满血腥、暴力、不合作。

倒不是不好，是这么搞，公司会成为一个真正的江湖，只有拉帮结派才能生存。像赵总肯定认为这才是企业丛林生存法则，独行大侠如杨过，最后还不是断了胳膊又掉了悬崖，一苦十六年。

工作和谈恋爱一样，一旦没有期待感和成就感，辛苦和累就都变成了不值得的事情，差不多该换个地方，活活血了。工作跟恋爱不一样，跟谁谈恋爱即便谈到天崩地裂，换了个人，照样要从零开始平地起步，一点点换感情，一点点做积累，换工作时，只有资质才是最重要的武器。

胡容听到我这个理论，翻白眼说："新手谈恋爱，跟老手还是不一样的好伐？”

我也翻她一个白眼：“小姐你不久前还栽在W身上喔。”

每次认栽的时候，恐怕都以为，那个人是独一无二的吧？

胡容问我：“你那个不用手机的男人呢？侦查出他是什么来头没？”

“你说老吴？他可能是大上海唯一一个恒定不变的人吧。”

还是每天晚上九点上线，并不是每天晚上我都会在，也不是每次都有心情回，可是他看起来一点不在乎我的选择性遗漏，不会焦虑，也不会生气，频繁地使用着“：)”符号，在每一次聊天结束时，都会打上一个笑脸，告诉我：“换工作会顺利的，坏男人不得好死，有空一起吃个饭。”

有次我忽然觉得不太对劲，问吴奇说：“我怎么觉得你好像在逗狗呢？狗只要没吃屎，捡回来一只拖鞋，就大夸特夸，‘good boy, good boy’。”

他哈哈笑了一下，说：“多活几年你就知道了，这些事情没啥好在乎的，你开心最重要。”

“也没什么值得开心的事情。”

“怎么没有，换工作可以谈工资，赚钱多好，到了新公司，连吃饭的地方都可以换一个呢。”

“可能房子也要换一个，我对生活只有一个要求，房子必须在离办公室走路十分钟的地方。”

“你看你多有要求，多有想法。”

生活有种大刀阔斧要改变的样子。有一次，聊天到十一点，我跟老吴说，想出去散散步，刚才不小心吃掉一个用来当早餐的三明治，浑身都是罪恶感。

老吴说，走，陪你去。

我们在某个路口碰面，我罕见地戴了块白色塑料手表，把手机放在家里。去哪儿都带手机，不过是怕漏过某人的一个消息罢了。

那天晚上没下雨，从新华路一直走到外滩，走啊走，没有任何疲惫感。路过淮海路时，一家小龙虾夜宵馆前，很多人排着队，以一种充满张力的热情，占领了半个人行道。

想到有段子说，小龙虾之所以火爆，是因为吃起来需要用两只手，还油乎乎的，根本看不了手机，除了跟面对面的人说话交流，完全无暇顾及网上的任何一条留言。说给吴奇听，他摇摇头说："要是这样的话，别人应该排队请我吃饭嘛。我保证跟谁在一起，都是百分百的专注。"

"因为你本来就没有，是奇怪，人家是要你舍弃，才显得弥足珍贵。真的不想用手机？"

"没啥非用不可的理由。"

他穿的衣服还是旧兮兮的，搞得我会很好奇，你今天身上这件T恤，几岁了？

他看着自己的灰白T，思量一番后说："是2002年大学毕业那年买的。"

"天呐，那时候我还是个高中生。"

"花季少女。"

"扯，我高中的时候又胖又丑又黑。"

“是，我上高中的时候，感觉女同学看起来都跟我妈一样，好不容易换班有个校花，哗，放学后门口一群小流氓等着要约。”

“男人好像都很喜欢怀念青春期，你看男作家不管多少岁都要写自己十几岁的时候，初恋、打架、青春。”

“就像秃子怀念自己头发最多的时候嘛。”

“哈哈哈。”

大多数谈话，都是这样的家常谈话，没有什么价值，也没有什么闪光点，无聊的对话有时候会像忽然停止的风，然后我们不管不顾地往前走，穿过扑面而来的城市。胡容说，每当夜晚她在高架上开车，飞快地穿过这座城市时，会有一种自己能驾驭一切的感觉。

我走在鳞次栉比的高楼之中，只觉得自己能靠脚穿过一个城市的心脏，很奇妙，问吴奇：“会有这种感觉吗？会不会有某个时刻，觉得自己凌驾于城市之上？”

“不会，你认识的人是不是都特别高端，时刻仰望着天上的月亮？我们IT民工，只会踏踏实实低头敲代码。”

接触久了，他还是暴露了自己的身份，不过并没什么传奇之处，说自己做大数据挖掘。我说：“码农吗？”他说：“不是，码农是制造机器的人，码农制造挖掘机，我负责开这台机器。”

想起前段时间新闻说地铁招司机，月薪七千块，心里想着，下次吃饭，无论如何，还是自己买单的好。胡容说过，“陈苏啊，你好像有点圣母情结，一听到别人哭穷，就想整个倒贴上去”。

她又说：“幸亏你也没什么钱，真怕你变成那种包养小男人的中年有钱单身女人。”

我真想告诉她，自己曾经拿了一千块准备包养曾东呢。

往事如烟，无须再提。

“你会不会离开这里？”我问吴奇。

“讲不准，你呢？”

有部电影说，一个人在大城市要是想活出家的感觉，就得爱上一个男人。

之前许多年，我一直认为，上海是唯一一个值得生存的地方。是啊，物价很高，房子一辈子都买不起，男人统统不靠谱，可这里是上海啊。

我对吴奇说：“好像没什么非待在这里不可的理由，搞不好会去找那种外派的工作，去肯尼亚或者雅加达什么的，你看日本电影吗？崩溃的城市女性受不了了就跑到东南亚去，一辈子穿花裙子，也不化妆，随随便便活着。”

“你想那样活？”

“反正要是有这种机会，我应该不会拒绝。”

好几个晚上躺在床上，还是会想起那个梦，那个魔幻一般的吻，如果真的是梦，我是个多么可怕的女人，居然奢求着这样的吻。

24 装模作样的幸福，真是让人恶心得要命

周末一大早，我坐在胡容车上，往古北方向飞奔。广播里放着一个房地产广告，沉稳男声从容道来，“静安区最后的买房机会，超大景观房……”结尾部分，撒娇女声哀号：“老公，快去买，不然今晚睡地板！”

我和胡容都扑哧笑出声来，现实生活中真有这么愚蠢的女人存在吗？买个一千多万的东西，也靠撒娇来搞定？

一阵热烈的舞曲放送时，胡容看着前方说：“有时候挺羡慕上海这些本地小姑娘，一开始就接受了命运的安排，找个条件好的男人早早结婚，承认自己就是比男人差一截，只要在漂亮上使劲花点功夫，在婚外情上睁只眼闭只眼，日子过得多么惬意。”

“喂，张小菲找私家侦探你打听没有，她急得要死，隔三岔五问我。”

“这行靠谱的少，我也问了好几次，不过应该这两天能搞定。你表姐啊，就是比老公有钱太多，搞得心态失衡。”

“她怕老公跟别人跑了，她房子都要不回来嘛。”

“不会的，在上海，换个老婆要多大成本？不是二百五熬不下去谁想再来一次？”

胡容打算换房子，一早拉着我去看。

她嫌现在浦东那套一室一厅有点太小，偶尔父母过来住，实在不方便。

“为什么看古北？”

“离机场近嘛，一天到晚在出差，买个机场旁边的多好。”

我站在中介门口，才知道最近的行情多离谱，连闵行长宁，都是七八百万的房子。

一套七百五十万的房子里，中介恭恭敬敬站在门口说：“这套房型好，厅和卧室都朝南，已经有十几家有购买意向，有个客户想七百四十万一次付清，房主都没答应呢。”

为什么？我想不通，整整七百四十万的现金，还能有人拒绝？

中介笑得很职业：“因为房东不想降价，现在这房子只有涨，没有跌的道理。”

胡容在房子里转来转去，说着后面房间采光不太好，厨房也小了点，哪一年的房子，停车位有吗？

“2004年，停车位是小区年租的。小姐是首套吗？现在利率打折，还是很划算的。”

胡容摇摇头：“单身人士只能买一套，我自己那套差不多要过户了，首付三百万，你算算贷款多少？”

“全商贷吗？有公积金吗？”

“先按商业贷款算吧。”

“每个月只要还一万七就好，很划算。”

从小区出来，我跟胡容感慨：“没想到你居然是能买得起七百万房子的女人。”

胡容皱眉说：“有什么鬼用，还是不如那个张嘴喊老公快去买的女人啊，凭什么我要活这么累？”

我已经有了答案：“你想想这种能买一千多万房子的男人，肯定中年秃顶，四十岁不到就阳痿，还对着办公室小姑娘动手动脚，换你你愿意吗？”

“愿意啊，只是结个婚，连性生活都不用对付，就有一千多万的房子了好伐？”

胡容的新男朋友，很穷，是个快五十岁的美国人，十几年前就驻扎在北京的“中国通”。她说起来的时候，我有点不可置信：“这人跟你实在太不搭了，一个理想主义者，一个现实主义者。”

她说：“对啊，所以好玩啊，他可喜欢说段子了，每天能有二十来个笑话逗我。吃饭专挑中国馆子。”

“可你非西餐不吃啊。”

“对啊，他非说，让我陪着去吃点儿，回家再给我做点儿。”

“你什么时候说话开始带儿化音了？”

胡容一阵傻笑。

“他到底有多穷？”

“就是一个领月薪的普通人，跟我差不多吧。区别在于，我买得起上海的房子，他买不起。你下午有事没有？”

“没有，最近打算辞职，想找个特别远的地方，天涯海角什么的，搞个外派的活。”

胡容把脚踩在油门上，说：“你知不知道去这种遥远的地方，一般是什么下场？你看上一个在上海根本看不上的男人，仅仅因为他帮你捉了个壁虎、修了次空调。你们恋爱的时候每周去一次中餐馆约会，结婚生了小孩之后也是，一辈子，中餐馆就是你们最大的幸福。”

“靠，说得好像你经历过一样。”

“你忘啦，我去日本外派过，在别人的国家，寂寞可不是随便找人吃顿饭就能解决的。”

“我还没决定呢，我们现在去哪儿？”

淮海路上最豪华的商场，漂亮女前台恭恭敬敬地请我们拿名片登记访客卡，搭电梯上去，是家豪华美容中心，工作人员一律穿得像TVB豪宅里的女佣，连倒茶的阿姨都像极了香港有钱人的专属产物。

胡容来做比基尼脱毛，她带点恐慌的表情说：“一想到要跟外国人上床，就想遵守下西方国家礼节。”

我劝她不如不要花这个冤枉钱：“你男朋友连下馆子都挑最地道的，没准对东方女人，已经习惯了完全不经修饰的肉体。”

她决心已定：“不行，我又不是原汁原味的家常菜馆。”

我翻了下价目表，吓得接连咂舌，没想到除毛居然能贵到这个地步。再看一个女顾客转身离去，拎着一只爱马仕Kelly包，十足阔太风。

“你最近赚了很多钱吗？”

“没有，只是想了一下，脱干净我身上最介意的毛发，也不过是少买半平方米房子，你要不要里外如新一下？”

“等我有了性生活再说吧。”

“下个礼拜我生日，会开个party，你来不来？”

“当然来。”

“曾东也会来喔。”

“他不是辞职了吗？再来不尴尬？”

“还算不错的朋友吧，人品我不评价，反正你已经感受到了。”

我感受到什么了我？

等胡容进去脱毛时，像偷偷做过无数次那样，我点开了曾东的朋友圈，只有一些工作内容，电影海报、发布会筹备。最近一次更新，停留在好几天前，机场吃的一碗面。单身男人，即便像蒋南这种级别，都不会频繁更新朋友圈，女人们都像素质高超的刑侦大队长，一张照片稍微瞄两眼，就能看出端倪，是在跟谁约会，明明跟我说去了北京出差，为什么在恒隆的茶餐厅吃饭？

曾东拒绝我时，我没有拉黑他，只是选择了不看他的朋友圈，怕他每一次发布，自己又会一头热血冲上去。然后选择在某一些适合做梦的时刻，点开他的朋友圈，一遍遍看他愿意展示出来的人生。

希望他过得开心，虽然上面什么也没有。

“什么时候一起吃饭？”收到他的消息，我有点不可置信。

“吃什么饭？”我应该让他等五分钟再回复，可就是做不到。

他让我等了五分钟，在这五分钟里，我反复思量着，说错话了吗？

“上次说，要一起吃饭的，几p都行。”

“明天中午？”

我必须要在今晚才约得到老吴，而明天午饭，是我见到曾东最快的时候。

“OK。”

胡容听说我明天要带着老吴，去跟曾东和他的女朋友吃饭，激动万分地说：“我能不能买张站票？戴个墨镜坐在隔壁桌行不行？要不你们去我家吃吧？”

“记得汇报啊！”走之前她殷切地嘱托。

这事还没准呢，因为我实在不确定，吴奇会不会答应这么荒谬的要求。

“明天中午，有空一起吃个饭？”

“巧了，正想约你。”

“还有其他两个人。”

“你的朋友？”

不擅长说谎，我只能统统告之，是不久前喜欢过表白过的男生，最近找了新女朋友，听说我在相亲，就想一起吃个饭。

吴奇放出了他最擅长的“：)”。

“如果你喜欢，我就陪你去：)”

后悔了，在老吴答应我的瞬间，后悔像一颗爆破弹，“噗”一下在体内爆发。

太傻了，干吗不拒绝？是，我总是表现得很nice，因为喜欢他，所以答应他的一切要求。加班到半夜去酒吧陪着喝一杯，随时上门过来睡一觉，然后动不动就消失在云里，没有任何消息。这些事情一开始心甘情愿甚至称得上很愉悦，但后来，一切变得别别扭扭，再也没了当时的舒畅。

你怎么有资格对我做这种事？

老吴答应我时，我意识到自己跨越了朋友的界限，把无形中的那根线，推得太远，好像在说："活该你喜欢我，你就该陪我做任何事。"

然后，就跌入了负面情绪的谷底，疯狂地想吃东西。算算时间，过两天就是例假，每当体内激素开始变化时，女人总喜欢做出一些足够疯狂的事情。

在楼下便利店买了两块黑巧克力、无糖可乐、一根梦龙、一大条吐司，还没走回家，在路上就开始撕开吃了。

咬下一口说不上好吃也说不上难吃的黑巧克力，甜蜜和苦涩同时在嘴里蔓延，有种吃土的感觉。心底愤怒的野兽停止撕咬，开始和我平静相处。

喂，陈苏，其实没什么大不了的痛苦，你为什么要这么难过，这么愤怒，这么不可理喻？

因为我是女人啊，我对这个世界，保有百分百愤怒的权利。我讨厌人们争相追逐装模作样的幸福，讨厌他们喜欢什么"幸福从美好的早餐开始"，讨厌餐馆里吵吵嚷嚷吃饭的一家人，讨厌男人和女人在咖啡馆里互相埋怨自己的老公老婆，妈的，去开间房啊。讨厌这么多人在深夜的城市都活得这么积极向上，喝柠檬味气泡矿泉水，在深陷雾霾的城市里狂奔十公里，讨厌他们路过我身边的时候，没有一个人流露出寂寞的表情。

不想上楼，坐在楼下台阶上，一边吃雪糕，一边想三十岁前半年，所有后悔的事。

当时应该把蒋南衣柜里所有的衣服都剪碎，不该只剪那么一件睡衣，该把他那些宝贵的西装、富婆送的名牌，全都剪成渣渣。

不该放过曾东，一巴掌根本不够，应该一顿自由散打直接打得他这辈子都不敢摸到我家。

不该跟张小菲走那么近，她一个已婚妇女，关我什么事，我们根本就在两个生态环境里，不该让她破坏了我完美的单身生活。

最不该的还是，陈苏，你都三十岁了，为什么还在过这么庸俗的、随处可见的生活？

辞职好了，远走高飞好了，说换就换一种生活方式好了，哪有什么不能放弃的人生？

我一个单身汉，哪来那么多捆绑住的灵魂？

这就是大姨妈带来的巨大负能量，几乎可以让一个女人变成另一个人。

25 我什么都不想要，只想从这个地球瞬间消失

“你喜欢夏天吗？”

“喜欢，但是讨厌被太阳晒，极度讨厌。”

我和老吴，早上十一点，坐在一家五星酒店的西餐厅最角落的位置，喝着六十元一杯的美式咖啡，点菜的时候一点没手软，看着一条几百块的鲈鱼都毫不犹豫在iPad上点了个钩。我又不是张小菲，要精打细算把所有钱留下来养儿子。吃顿好的怎么了？

没去跟曾东约好的餐馆，放了鸽子，而且把手机放在家里，跟吴奇见面的好处是，几乎什么都不用带。

跟他在一起，永远不会觉得，自己有什么问题。我穿着一件黑色短袖，一条白色背带短裤，里面塞了三样东西，信用卡、公交卡、一支口红。

生活原来可以这么简单。

站在曾东面前，他一盯着我看，我就觉得自己身上什么都不对，腰未免太粗了，皮肤太干燥，想多补一层粉怕造作，想素颜以对怕气色不好。有人说，在乎才是爱情。当人被另外一个人盯着感觉浑身紧张，特别是被一个长得很好看的男人盯着时，即便不舒服，也会觉得很享受。

如果爱情就是卑微，那人类一定集体得了斯德哥尔摩综合征。

“你的朋友，不来吗？”吴奇跟原来一样，穿着旧衣服，没什么变化。跟隔壁桌的时髦情侣比起来，我们这一桌显然是芸芸众生中最平凡无奇的存在。

“表白过怎么算朋友，仇敌还差不多。”我更正老吴，告诉他，痛痛快快放鸽子了。

他低下头笑了下，说：“挺有意思的，本来以为是刀光血刃。”

我顺嘴接道：“还兵荒马乱、颠沛流离、乱世佳人呢。”

“哈哈，怎么忽然就不想去了？”

“赢不过，就不去了呗，我又不是奥运健儿，腿折了都要为了荣耀坚持上场。”

“你怎么知道自己一定输？”

我想了想，曾东和他女朋友，应该就是隔壁桌情侣那样吧，郎才女貌、佳偶天成。男人像曾东，年纪轻轻坐拥大笔财产，女人拥有一张网红脸，细瘦的身板像生来就不需要干任何工作。从坐下来到现在，男人一直看着手机，女人一直拿着手机自拍、摆拍、叫男人合影。

过不了多久，她的朋友圈就会出现九张图，丰盛的食物，坐览上海滩的风景，叫人艳羡的美貌，匹配度百分百的爱情。人生多么完美，像七月夏日蔚蓝天空中的朵朵白云，不掺杂一点不幸。

“你给 Coco 点赞干吗？”隔壁桌女人忽然叫起来。

“随便点个赞，你发什么神经？”男人的脸还是看着手机，看上去像是屏幕上有一大团透明胶粘着他的脸。

“我不管，看她我就是不爽，她加你微信干吗？”

“是你好朋友我才加的，我怎么知道她想干吗……”

偷听到这儿，我控制不住笑出来。一个女人这么完美的生活画面，居然因为男人一次点赞就崩溃了。

吴奇一脸莫名其妙，我只好偷偷解释给他听，微信朋友圈，是现代人最重要的情感交流中心，点赞和评论会像股市走向一样，呈现出一个人的社交价值。

越成功的人点赞数越多，越漂亮的姑娘评论越多，谁都想跟漂亮姑娘开几句玩笑。一个女人如果开始频繁发布朋友圈，她一定有了心仪的对象，在制造一切对话的可能。如果一个男人频繁给一个女人点赞，表明他正百分百关注这个女人。脱单成功后，女人一定会晒合影照，作为一种成果展示，还有就是提醒圈子里的姑娘们，这人归我了。相反，男人晒合照，多半是被逼的，从此放弃 50% 的社交圈。

吴奇点头说：“喔，时代果然不一样，以前宣布主权这事都是我们男人干的。”

我很无奈地同意：“是的，你这个年纪的男人，听说不管有钱没钱，只要单身，就是抢手货呢。现在你是不是很想买一部手机？”

他还是摇头："让姑娘抢我？"

隔壁桌战火升级了，女人问男人："你老实说，跟她睡过没有？"

我跟吴奇面面相觑。

其实睡没睡过一目了然，只要看看一个男人是否对那个女人的点赞，从频繁到稀少，少到隔好几天有露骨自拍才点一次赞，说明差不多已经是个过去式。

社交圈的规律一经归纳，跟自然界差不多，简单又粗粝。

老吴拿了块附送的面包干说："那你在朋友圈的地位呢？"

我惨然一笑："如果混得好，我可不敢不带手机出来跟你吃饭，回去一看，没准错过好几个亿。"

点的菜刚上来，隔壁桌女人就气呼呼地挎个小包走了。男人的脸还是粘在手机上，无动于衷。

吴奇饭量很小，一笼蟹粉小笼包上来，只吃了一个，就放下筷子。

"不好吃吗？"我一边沾姜醋，囫囵席卷了剩下三个，一边有点不好意思地问他。

"看你吃，比我吃更愉悦。"

"哦哈哈，对不起，我可能要来大姨妈了，饿得能吃一头牛。"对付这种等级的调情，轻而易举可以一记扣杀。

对不起，我还没准备好，进入下一场恋爱。

恋爱是一场弱肉强食的生物竞赛，谁先心动，谁就输掉了所有的主动权。

胡容说过，"殚精竭虑爱过一个人后，被另一个人爱着的感觉，像满身伤痕的小动物从暴风雨中回到自己的窝。”

老吴吃了几口后，谈起自己最近痴迷R语言，正在学习整个软件。这个软件的妙处是整个源代码都是开放的、免费的，只要学会之后，加上自己的编制程序，就能创造出属于自己的R语言。

我听得云里雾里，有点后悔没带手机，这样趁他不注意，能迅速百度下到底什么是莫名其妙的R语言。

老吴相当沉醉地说：“你想想，这个连一杯白开水都要算钱的时代，还有人做着这样的事情，一个可以创造无数财富的东西，它竟然是免费的，欢迎所有有识之士。学会这套源代码，就能开发出全新的软件，掌握这个世界上，从一只美洲豹的行踪到两组基因数列的比对，各种令人吃惊的统计数据。有了R语言，了解地球和人类的速度，会比以前提高千百万倍。”

他谈着谈着，忽然收回来：“对不起对不起，是不是听起来很无聊？”

“不不不，我最喜欢别人谈论我听不懂的知识，听起来好像世界很有希望。就像听央视七套一个养鱼场老板怎么靠特殊技术发财的一样，充满了一种欣欣向荣的生机。”

我说的是真心话，老吴谈着这些天花乱坠的软件内容，有那么一刻，我觉得他挺迷人的，痴迷着一种大部分人并不关心的、跟钱没什么关系的生活。听上去他想用R语言分析出一个更美好的未来，而普通人，比如我，总是一言不合，就抱怨世界越来越糟，人心越来越差。

半小时后，隔壁桌又来了一个妞，乍看之下，跟刚才走的那个如出一辙，长发大眼，身形纤瘦，坐下来就说："怎么有心情来吃brunch啦？"

男人说："闲着也是闲着，我点好菜了，你还想吃什么？"

太划算了，一顿饭居然能请两个姑娘，我和老吴都惊呆了。看起来，这个女人的魅力更胜一筹，因为男人终于放下了手机，正在叫服务员："这里有充电宝吗？"

我扬手叫"买单"，穿着黑色背心的侍者恭恭敬敬走过来，习惯性地走到老吴面前："先生，刷卡还是现金？"

啪一下从口袋掏出卡，迅速放在打开的账单夹上："我买。"账单上是一个很吉利的数字：1288。仿佛心上划了一道口子，真疼啊。

老吴笑呵呵地说："没事，我买吧。"

"不不不，我来买。前几次都是你请，这次该我请，因为想着要请你吃饭，才来这里的。"

他没坚持，这很好，我们看上去就像两个十几年后仅仅因为怀念青春，碰到一起吃顿饭的初中同学，热闹的聚会结束后，瞬间可以忘记对方。

"等一下你干吗？"在电梯里老吴问我。

"啊，我准备再狠狠地花笔钱买衣服，好像明天是世界末日一样。"

"激动人心。"

"你能不能用R语言分析一下，为什么失恋的女生都喜欢购物发泄？"

"这个不用R语言我也可以，需要重新爱上自己。"

“像我这样老是输，什么时候可以赢啊？”

老吴一脸吐血状说：“你这也叫输？你都失恋过两次了，我这还是个大鸭蛋。”

在一片轻松快乐的气氛中，我内心始终有着某种不安，曾东会找我吗？他会不会又像幽灵一样出现在门口？

拎着三四个购物袋，晚上终于回到家时，我真怕楼道里，他幽幽走出来，问我：“去哪了？”

去约会咯。

26 你该变成白流苏，不是曹七巧

午休时间，张小菲说她正在附近医院，问要不要过去碰个头。

“你怎么了？”

“没怎么，来做个 HPV 测试，真羡慕你打过疫苗。”

有一年胡容问我要不要去香港打 HPV 疫苗，三针，2800 港币，半年内打完。当时觉得贵，犹豫了一下，胡容说别傻了，性伴侣不稳定，感染 HPV 还不是跟在鲨鱼出没的海湾游泳一样。一想到自己没有稳定可用的性伴侣，我还羡慕了张小菲一阵，看，有个老公，还生了孩子，这辈子不用担心感染上莫名其妙的病。

世事难料，人心难测。张小菲坐在医院椅子上，以复仇者的姿态说：“前两年我查过，没有。现在，只要查出来有，只有一个理由，王道伟出轨了。”

她又多学了一招，如何辨识男人是否出轨一百零八式。

我安慰她："打了疫苗，也就只能预防宫颈癌而已，而且只是HPV病毒最常见的四种。男女关系里，能传染的性病，可多得要命，大到艾滋、梅毒，小到支原体、衣原体。即便戴套可以预防所有，但连安全套生产商，也只敢保证97%的安全率，并非百分百。"

张小菲点点头说："嗯，我有个女同学，因为怕这个，到现在还是处女。"

我差点喷了一口水："也不至于怕到因噎废食吧。"

张小菲叹了口气："这姑娘有个好朋友，第一次和别人上床没戴套，得了艾滋。"

每次听到这些人间传说，只能心中默念："感谢上帝，感谢佛祖，感谢今天我一个人站在这里，安然无恙。"

"胡容帮你找的私家侦探，联系到了吧？"

表姐又叹了口气："联系了，三天，全程跟踪，拍摄，还能联系酒店调监控，知道多少钱吗？一万五，还得我负责来回高铁票和食宿。现在还没定，要是我这HPV验出来有事，就用不着雇他了。"

我对表姐这种可歌可泣的高性价比查出轨方式，佩服得五体投地。

不过值得注意的是，张小菲每一次一惊一乍，后来均有惊无险。她生完小孩四个月，忽然有一天惊悚地说："陈苏，我他妈可能这辈子都不能拥有性生活了！"

生产后第一次性交，她觉得很疼，阴道某个地方像被牵制住了。我听了一阵头皮发麻，什么情况？她说："可能是因为侧切刀口没处理好。"急急忙忙跑了几家医院，看了无数名医，最后的结论是，她只是恢复比较慢。

三个月后，一切恢复正常，可张小菲心有余悸说："你不知道那种恐慌，那种心碎。"

她的意思是，女人一生都生活在恐慌之中，怕得病，怕宫外孕，怕生出的小孩是傻瓜。即便一切都安安康康，没什么问题，还有一个更大的恐慌，衰老。

没什么比老女人三个字更恐怖了。

而我，张小菲，所有女人，都在往这条路上飞奔着。

这就很好地解释了，为什么书架上那些心灵鸡汤这么好卖，我就喜欢不那么好的你，所有美好都会如期到来，愿变成更好的自己，全世界的幸福都在等你，做最好的女子……

不不不，这些都是骗小孩的，二十岁的时候相信一切美好会盛开，三十岁只求上帝保佑，请不要把我变成最惨的一个。

看微信工作群里说下午老板不在，我索性陪张小菲去了妇产科检查，跟在后面帮她拎包。

"医生，我想查下 HPV。"

"宫颈筛查做了吗？不是每个人都有必要查 HPV 的。"

"喔，我怀疑老公有点问题，帮我把能查的都查一遍吧。"

女医生本来飞快写着病历，听到这里，抬起头看了张小菲一眼，说："这么不信任你老公啊？"

张小菲拿出一副忍辱负重的表情，说："准备离婚了。"

女医生一时无话，帮她开了一系列检查单。

做完检查后，她还是问了医生："现在情况看起来怎么样？"

医生还是埋头写着病历："现在看起来没问题，不代表检查结果没事。"

一语概括了张小菲的婚姻状况。

高中的时候，我和张小菲都很喜欢看张爱玲，最喜欢的也是同一本：《倾城之恋》，唯一一本以喜剧结尾的故事。离婚少妇白流苏，遇见多金少爷范柳原，对方恶作剧般地跟女人周旋，因为他永远有机会，暧昧得再过分，还是会有女人原谅他。幸好，战争开始，枪火炮弹中，两人忽然就缩到一对平凡情侣的壳里，只要还活着，就可以相濡以沫地爱。

故事的结尾，白流苏安安心心在家做着范太太，她知道丈夫的俏皮话都已经俭省出来说给别的女人听，她是名正言顺的妻，惆怅归惆怅，可别的女人，怎么会有跟她一样的传奇？

那一年我跟张小菲都早熟，看着这个故事说，这样最好，这个女人，什么都有了，爱情、传奇、家庭，就算丈夫不是一生一世爱她，又怎么样？真正的英雄主义，不就是看透生活真相后依然热爱生活吗？

可张小菲依然没把持住，她好像渐渐变成我们那时最讨厌的一个主人公：曹七巧，因为没得到过爱，即便有钱有地位，也时不时以折磨别人为一生消遣的传统妇女。

走出医院，张小菲看着手表说："我报了个英语口语班，赶着走，不跟你吃饭啦。"

"什么班？我记得你英语过了专八啊。"

"哎，我们单位就没什么人讲英文，平常最多翻译个文件。上个月底幼儿园开家长会，我本来没放在心上，一个三岁的小孩要什么教育理念、什么知识结构啦，还打算大班再开始收骨头。”

“结果你发现自己错了？”

“大错特错，”张小菲气呼呼地说，“那天家长会上，外教上来讲了十分钟英文，台下七八个家长站起来，一口流利美音问问题，问了足足大半个小时。那时才发现，自己张口结舌，再这样下去，恐怕要拖儿子后腿。”

相比起张小菲紧张高亢，时不时要搞个冲刺的生活，我这三十岁，真是悠闲得有点无聊了。

曾东消失了，没追问我那天干吗不去，也没再忽然出现在我家楼下，或者门口。仿佛小孩子玩腻了某一种玩具，扔在脑后再也想不起来了。

人事部同事通知，年假再不休，可要过期咯。

这才意识到，今年哪里都没去玩过。

去哪呢？每天晚上跟老吴探讨着要去哪儿玩。

发现他去过很多地方，他在纽约念过书，在挪威上过两年班。

“你一定是个有钱人！”我下了结论。

“嘿，真不是，当时在长岛，每周都要坐两三个小时车去法拉盛买便宜的菜呢，还要吃一次自助火锅，吃到想吐才收手。”

“为什么不留在国外？”

“留在那干吗呢？一个人怪孤单的。”

“可是你回国了不一样是一个人。”

“那还是不一样，偶尔能跟你散散步、吃吃饭不是吗？”

27 三十岁后，每个生日都值得期待

大部分三十岁后过生日的人，都不会再选择大张旗鼓地庆生。

“三十岁后，对过生日没什么期待了。”

“三十岁了，没必要过生日了，变老又不是什么值得庆祝的事。”

“自己买块蛋糕自己庆祝下就得了，还要当小公主接受全世界的爱戴吗？”

胡容从来不理这种鬼话，在她看来，每一次年纪的增长，都像个人年会一样，值得热热闹闹大肆庆祝一番。最好玩的地方，是她会请各种前任过来，顺便点评点评，分手是对还是错。

有一年，一个心大的前任，拖家带口来了。胡容看着他真诚地说：“看到你这样幸福我就开心了，当年真怕你想不开。”

至于我，不过生日是因为三十岁到底没什么值得庆贺的事，而且光是在邀请哪个朋友来、哪个同事不需要请这种事情上已经大费脑筋。

胡容说:"懒,就是衰老的象征,死亡的副作用,你懒得动就证明心已经老了。"

归根结底,对这事我真没什么兴趣。

胡容生日前一天,她又发消息提醒我:"阿苏,明天要穿晚礼服。"

"长拖尾后面要带个丫鬟专门拎着尾巴那种?"

"算了,穿你布最少的一件吧。"

"你为什么不专门办个泳池比基尼派对?"

"等哪天我住了有游泳池的家,一定来一场。"

说归说,她让我先跟她去派对现场,一起看看,顺便拿几件她衣柜里的晚礼服,给我试试。

胡容找朋友借了个高级小区的复式,还专门找了家婚庆公司做布置。

我完全无法理解:"喂,你又不是章子怡,干吗要搞这种场面?"

"那天司徒大卫应该会跟我求婚吧。"

"我真搞不懂,一个外国人干吗起个四个字的名字?"

胡容摊摊手:"那的确是他的名字,David Stuart。"

经过两重保安身份验证,我和胡容才走进小区,她看着我说:"你觉不觉得自己天生就该住在这种小区啊?绿化又好,房子又干净,结果贵得跟纽约曼哈顿一样。对了,要不要叫你那个没手机的相亲对象来,我帮你掂掂分量,看看到底是什么来头。"

“不用了，他看上去那么穷，你们个个衣冠楚楚，搞不好老吴看起来像打扫卫生的。”

世界上可能真的有一种神奇的魔法，叫说人坏话被抓现形。

老吴忽然从天而降般出现在我面前，跟我挥手打招呼：“陈苏，你怎么在这里？”

他依然穿得像上海滩六十岁退休的爷叔，旧不啦叽的T恤，一条短裤，连远处的保安，都比他更体面。

“啊，你，怎么在这里？”我反问了一句。

“我住这里。”他往后一指，“喏，就那栋11层。”

“你你你，也太有钱了吧，这里房子就没有低过一千五百万的。”

“我买的时候也不知道会这么贵啊，前几天散步回来，中介发传单，我想起来才问了一声，他说要一千五百万，我吓死了。他问我要联系方式，我说我没电话，他觉得我骗他。”

我跟胡容都笑不出来，不知道该说什么，真正的有钱人总喜欢低调得叫别人吃一惊。

胡容在只属于她两天的豪宅里，跟我说：“是不是有种中大奖的感觉？”

“日，他这么有钱，我还怎么跟他交往。”

她没接我茬儿，问了我一个问题：“你说我们傻不傻，把明明可以拿来买房子的钱，买什么衣服啊，首饰啊，花钱去日本去欧洲，还以为自己正在过最好的生活。其实呢，一套房子就对比出来了，阿苏，我们都是这个城市的下等公民。”

“你要是下等公民，我就是浮游生物。好啦，做人别那么贪心，你有个小房子不是挺好的，你还有个能把高档公寓借你的朋友。哇，不得了，还有个美国公民，打算跟你求婚！”

胡容心情稍微好转了一点：“那你呢，开心吗？我看他根本就没在意我是谁，只顾着看你了，这哥们儿相当罕见啊。”

我跟胡容分享一个困惑，在不知道老吴是有钱人前，我觉得自己跟他在一起，年轻、时髦、活泼、率真、不算穷，生活完全可以自理。文能侃拜伦、海明威，武能跑步、调酒，宜室宜家，世界尽在我手。

可现在，我到底哪一点吸引着老吴呢？我这样的女人，不是满大街都是吗？有比我打扮漂亮的，有比我身材更好的，有比我工资更高的，到底为什么，会是我呢？

“因为你运气好，给老板做牛做马，感动了他们一家，发现了你勤劳勇敢、吃苦耐劳的美德。”

“靠，这是以选牲口的标准选老婆吗？”我拿起地上的一堆气球，往胡容身上砸过去。

晚上回家，跟老吴汇报：“朋友特别羡慕你，能买这么贵的房子。”

老吴回：“其实当时是前女友逼着我买的房子，不然真不知道能值这么多钱。”

我：“给她发面锦旗吧，这姑娘以自己的狠心成全了你的财富。”

老吴：“有了房子也没什么用，人该走还是会走。”

接着，老吴忽然说起Jessie的故事，在泰国深山里，Jessie爱上了一个短期出家的泰国小和尚。

“多小啊？”

“恐怕比她小一轮吧。”

我打了两个字，牛逼。想想不妥，又改成了，跪服。

老吴说：“你绝想不到Jessie是怎么爱上这人的。

“一个身家上千万的女人，跑去禅修，遵守着寺庙过午不食的戒律。每天从山下往山上背石头，捡草地。”

我插了句嘴：“听起来每个禅修基地都像一个大型工地。”

“日复一日的劳作中，Jessie撑不住了，主要表现是饿。

“小和尚每次跟着住持去山下化缘，每次都会给Jessie带点吃的，一盒牛奶，一个木瓜，几块饼干。Jessie忽然再一次有了爱情的感觉，有了被一个人宠爱、保护、珍惜的滋味。

“她打算回国跟我姐夫离婚。”

“然后呢，跟小和尚一起生活？”

“没错，已经在泰国买了个公寓住。”

“可能有钱到Jessie这样，返璞归真，只能用简单的食物来取悦。”

老吴沉默一会儿说：“只有得不到爱情的人，才觉得它跟钱有关系。其实没有。”

我：“所以上次花一千多请你吃饭，你内心并不感动？”

“：)”

我带着一瓶特大香槟酒，去了胡容的生日趴。一小时前在

ZARA 买的黑色蕾丝真丝长裙，已经剪了牌子穿在身上。感谢高街品牌，总是第一时间抄着大牌的设计，让芸芸众生第一时间吃上时装周的第一把土。

然后，可以跟这个奢华的夜晚，很相衬。我是说，看上去似乎一切 OK。如果此时有个男人站上来讲讲笑话，我一定能完美展现出自己最肤浅的一面，跟着咯咯笑几声，好像自己是个单纯善良又完全不愁温饱问题的女孩。

派对上，终于第一次见到了胡容的新男友，司徒大卫，一个非常活泼、完全看不出快五十岁的老外，一口普通话夹着标准儿化音，看起来他似乎是整个场子最不追求西方文明的一个人。

“你好，我是胡容的好朋友，陈苏。”

“喔，她经常提起你，你们就像一棵树上的两个果实，同时长大。”

恐怕她要比我先结果了。

只是司徒大卫，他看起来根本不像会在生日会上求婚的痴情男儿。

胡容招手叫我过去，小房间里，她一脸凄苦地跟我展示一个盒子：“W 派人来送给我的。”

盒子打开，是一条字母项链，上面明白无误写着两个字母：W & R。

“他想干吗？”

“我要是知道，就不会那么慌了。”

外面有人叫着：“寿星切蛋糕啦。”我们走出去，好像从平静湖面跳入沸腾的锅，胡容期待的那个时刻要到了。

我环顾四周，再次确定，曾东没来。

胡容站在司徒大卫的旁边，司徒正说着：“我的公主，你是我认识过，最美丽的女孩……”

极尽肉麻之词，但外国人说起来，似乎显得特别感动，肉麻就是他血液的一部分。

我们都等着那一刻，等着司徒送上一个一锤定音的礼物，一个让盛大派对合理狂欢的一幕。

胡容许了愿，带着所有人唱了生日歌，欢呼声中切开蛋糕。

我拿来的香槟，被静静摆放在一侧，等着司徒献上礼物后，被剧烈摇晃，然后“砰”，为胡容的另一段人生的开启，奏响第一炮。

司徒从西裤中拿出了盒子，但是没有单膝跪地，含情脉脉看着胡容：“Happy birthday，my girl。”

胡容打开，喔，是一对钻石耳钉。

我有点遗憾，到底是为什么，耳钉跟戒指用同一个盒子，搞得那么多女人白白高兴一场，又大大失望一场。

每个女人都在心里喊：“我可以拒绝，但你怎么可以不问？”

胡容微笑着收下礼物，她内心一定有点后悔今天的排场。

手包里的电话响起来，一看是我妈，正想用一句话结束对话，“在朋友家玩，回头打给你。”我妈慌里慌张地说：“苏苏，你奶奶好像快不行了，刚才救护车刚送去医院，你快想办法回来见最后一面！”

晚上十点半，赶到高铁站，也已经错过末班车。我想着，只有打车回家一条路，接近三百公里，一千五应该够了吧。

匆匆跟胡容说了一下，转身告辞。

跟电视剧一般，下楼时，我在电梯口碰到了曾东。

“好久不见。”

他问我：“走了？”

我点点头：“有点事，要回趟家。”

想多说两句，例如：“你怎么瘦了？怎么开始留胡子了？”

后来我们擦身而过，没有半点犹豫。

在马路上拦下第一辆空车，告诉司机要去三百公里外，他睁大眼睛说：“回来还要三百公里，小姐，空开怎么办？”

“那你想要多少？”

“两千五，好伐，我也是很爽气的。”

这个城市有个小瑕疵，凡是斤斤计较的人，总喜欢一遍遍告诉别人，自己多么爽气。

我摇摇头，出租车在面前支个油门瞬间驶离。

一下又清醒过来，我奶奶快死了，难道还不值得花两千五奔波一趟？

再次扬起手，在一阵燥热的空气中，车流，马路，都成了让人迫不及待想要拉开的厚重又混沌的帘子。

一只触感冰凉的手，轻轻推开了我的手臂。

28 我有一张很烂的底牌，却想放手一搏

“我送你去。”

他气喘吁吁地站在我面前，在我没开口前，又说了第二句：“你确定要这副样子回去见奶奶？”

我低头看了一眼自己的黑色蕾丝裙，银色尖头高跟鞋，还有那只小到只能塞一个手机、一只口红的手袋，才恍然大悟，需要回家先收拾下。

曾东向我挥了挥车钥匙：“胡容说，你肯定很难叫到车。她把钥匙给我了。”

“所以，是她让你送我？”

“不，是我出来时，她叫住我，给了我钥匙。”

不知道该感激胡容，还是该感激曾东，实际上我变得像个木头人，由几根线扯着坐进副驾驶座，又由几根线扯着回到自己家。

"我在下面等你。"曾东坐在驾驶室，朝我挥了下手。

他为什么又变成了我们初见时的那副样子？一张单纯得没有任何阴影的脸，一招一式没有任何负担的举手投足。在公寓里随便收拾了两三天的衣服，换了黑色便鞋，从晾衣架上拿下洗了好几天的白T，黑色七分裤，一身肃穆。

刚上车的一段时间里，我们都没说话，车里只有导航单调的声音："在前方调头，上内环高架路""在沪闵高架路上继续前行，进入G15高速"。

经过高速收费口时，曾东忽然冒了一句："你穿这样好看，黑色蕾丝不适合你。"

我不敢相信自己的耳朵："我奶奶快死了，你跟我聊穿什么好看？"

隔了一会儿，他又问我："跟奶奶感情很好？"

"不，关系很一般。"一开口就没停下来。

我奶奶，是家里最重男轻女的一个人，当年我妈习惯性流产，接连流了两个男孩，好不容易生下我时，据说她一句话没说，板着脸从医院回家了。我妈坐月子，只给了一包红糖。我妈老说，她那时候想吃一碗银耳，两块八分钱一包，可是没钱买，吃不上，等我快满月的时候，外婆来看，才算了了心愿。

"知道我奶奶为什么这么生气吗？

"我爸是她唯一一个儿子，却生出了我，又赶上计划生育，我一出生，就预示着一件事，嗯，我们陈家，绝后了。

"她喜欢男孩，喜欢我姑姑的儿子，小时候我们一起洗澡，明明是我奶奶催我们，快点把衣服脱下来，等我脱完，她看着我说，你怎么这么不知羞耻？

“原来女孩做什么事情都要先想到羞耻两个字。

“那时候我大概五六岁，不知道为什么，这个词记得这么深。不知道这种敏感多疑，是天生的还是后天的。

“读书的时候成绩不坏，比不过表姐张小菲，偶尔也能拿个班级第一。我奶奶跟我弟弟说，你啊，明明很聪明，就是不如你姐用功，她肯定没你聪明。

“真的，现在想起来很可笑。可当时真是委屈得想哭，原来拿个班级第一，也不如我弟弟聪明。

“因为我奶奶这一层看不起，我妈没事就要摆出一副悲痛的脸色，大讲特讲，你可要争气啊，你生出来的时候……光是她没吃到银耳的事，我就听过不下三十遍，她忙着上夜班，回来看我一个人在房间哭，我奶奶无动于衷地看着电视，再来三十遍。

“她反反复复地唠叨着，你要争口气，你要赢，你要让别人看得起。

“好久以前看到一段话，说每个女人的梦想，都是住在粉红色的房间里，放着大大的浴缸，里面全是彩色泡泡，然后像公主一样被男人求婚，穿上白色婚纱……

“我心想，扯淡吧，从小到大，唯一的梦想，都是赢，谁要做这种娇滴滴的小公主。

“后来才知道，因为小时候没被宠过，所以长大变成一块硬石头，从内到外，都是可笑的自尊。

“曾东，上次你骂得对，剩下的部分我再帮你补上，我的确只看上了你的年轻、你的有钱。我追你，只是为了显示，我配得上这样的男人，你让我看起来，在三十岁的时候，没有那么惨烈。

“你拒绝我，也是对的，我们不属于一个世界。仅仅因为你跟我约会，我开始费尽心机，想穿得更体面，变得更漂亮。想赚钱，想升职，想别人看到我们不会诧异，这个女人怎么会有这样的男朋友？

“人人都喜欢说，爱让人变得更美好。其实不对，那不过就是虚假的表面，是浮在苦咖啡上的一层奶泡。真实是没过多久，我会觉得累，觉得你不够爱我，觉得无论如何，只有跟我结婚才能证明你的爱是真的。

“可怕吗？装出一副不想结婚的女人的样子，其实只是怕被拒绝。

“以前我特别讨厌我妈，因为这辈子都没发财过幸福过。她老是喜欢预设最坏的结局，不管我表现得怎么样，她都觉得，我配不上那种幸福，只有平庸是保险的。

“年轻的时候不懂，为什么随便梦想个什么事情，想当作家，想去间隔年，想留学，她都告诉我，这事家里不可能。后来懂了，我们这种普通家庭，根本承受不起任何一个失败的结果。

“我努力地想要不普通，好多年后知道，普通，根本就是一种不可改变的命运。”

我转过身，看着曾东，他好看的侧脸平静得像一汪没有任何波澜的池水，没有任何表情。

该死，不该说这么多，我到底在想什么？揭开自己的伤疤让他怜悯？

车在不太平整的高速路面上以匀速前行，像黑夜中一只流萤，深不可测的黑暗瞬间吞没它经过的痕迹。

“经历过生离死别吗？”他突兀地开了口。

“没有。这恐怕是第一次。”

“那年我母亲尿毒症晚期，在国内换了个肾，没好转。我坚持让她来英国治疗，想给她最好的。我母亲这辈子除了埋头赚钱，其实没过过什么好日子，很讽刺，她一生花钱最多的地方，是医院。后来医生找我谈话，说，‘曾，没有必要让她这么痛苦，上帝有上帝的安排。’

“你有普通的命运，我有不普通，但绝对不想经历的命运。

“我妈没昏迷前，说待在家里挺好的，说你其实不该让我来，说薇薇最近怎么不来了呢？薇薇是我前妻，就是你说的那种从小到大都像公主一样活着的女人。

“我的的确确顾不上她，我妈要死了，我想完成她最后一个愿望，回家。联系航空公司，联系国内医院，像疯了一样，只要别人说不，我会不停地发火、哀求，觉得你们非这么做不可，其实是对死亡这件事情无能为力。整个人跟甩出去的钢球一样，毁灭了身边所有的东西。

“最后飞机上拆了两排座椅，给我妈订制了一个特别座位，整整十二个小时，跟我妈不停说着，再坚持一下，马上到家了。再坚持一会儿……”

听到这儿，我抬起手，忍不住轻轻摸了一下他的后脑勺。

他沉默了一会儿，说："我妈挺了不起的，真的坚持到了家，才闭上眼睛。

"陈苏，记得你跟我说，年轻人在春天无缘无故死去吗？我妈走的时候是二月，春天来的时候，我感觉原来的那个我，的的确确，已经从地球上消失了，无影无踪。"

"对不起，我收回上回那番话。上回在西餐厅，我真的不该说那些。我没经历过死亡，对不起。"

这个星球上的生离死别多得实在有点拥挤，以至于我把曾东母亲的死，冷漠地处理成了最寻常的一种离别。忘了他那个时候那么年轻，就失去了唯一一个无条件爱他的女人。

他吸了吸鼻子，忽然露出一种尴尬的笑容："我离婚不仅仅是因为前妻去买包，真实原因是当时我的经济状况很糟糕，所有的钱都花在了我妈的病上，完全不计任何后果。我父亲，他本来就不是个擅长做生意的人，我妈生病的时候搞了两项投资，都亏得一塌糊涂。

"陈苏，你老是觉得富二代的生活很轻飘飘对不对？可当人失去天生就有的东西时，简直跟截肢一样痛苦。"

"你的意思是？"

"我家已经破产了，不，比破产更糟，我父亲名下有两千万的负债。对一个女人坦白自己很穷，真的，还不如坦白说自己得了不治之症。"

"等等，拒绝我，是因为你很穷？"

"上海滩怎么会有一个富二代没有自己的车？"

"可我不介意你穷啊。"

“你真的不介意跟我一起背上两千万负债？”

我沉默了。

车里的钟指向时间，凌晨1点18分，一辆名牌轿车里，坐着两个破碎的人。本以为碎片可以拼在一起，互相安慰，其实不能，他不能彻底理解我的，我也不能彻底理解他的。

“下雨那天晚上，你有没有亲我？”

他没回答，前行两公里后，车拐进了一家服务站。我以为要加油，曾东解开安全带，捧住了我的脸，吻从额头降落到嘴唇，最后不管不顾地亲起来，应接不暇。

原来是真的。

那股暖烘烘的青草味弥漫在四周，完全不可控制。

在这个吻里，我们忘记了一切，忘记了各自背负的现实，忘记了还有两百公里的路要赶，忘记了我们中间无数的不可能。

29 你到底喜欢我什么啊?

深夜的加油站便利店空空荡荡，只有昏昏欲睡的店员，拿了一瓶水，接到我父亲的电话："苏，奶奶目前情况还可以，在医院急诊室。你别着急，明天早上坐高铁回来吧。"

我告诉他："已经开朋友的车回来了。"

"你一个人吗?"

"还有个朋友陪我。"

"好，开车要当心，别着急。"

便利店外，曾东靠在车旁边，正伸着一个大大的懒腰。有种不切实际的幻想，为什么我们不能当一对普通的情侣，假装没有未来一样?

"我来开吧。"我递给他一瓶水，一罐口香糖，第一次他去我家时买的那个口味。

扣好安全带，导航显示，即将在凌晨四点半到达目的地，××镇人民医院。

“所以，”我斟酌着每一个字，“你知道我们不可能，为什么还来送我？”说完看了一眼，他微闭着双眼，不知道睡着没有。

抓着方向盘的两只手微微发着汗，前方铺展着一条似乎永远没有尽头的路。

“我爱你。”

我鼻头一酸，努力睁大双眼，不想掉出任何一点脆弱。

过了好一会儿，才能轻轻松松地问：“到底喜欢我什么啊？”

曾东把两只手放在脑袋后，调整出一个舒服的姿势，自言自语似的说：“对啊，到底喜欢你什么？固执，一根筋，死要面子，穿条黑色蕾丝裙，像没发育好的小姑娘偷穿大人衣服，还喜欢故作聪明，一不高兴板起脸，好像全世界都欠你。”

“喂……”

“喜欢你做自己事情时专注的样子，喜欢你一边吃麦片一边看小说，喜欢你战战兢兢问我：想跟我谈恋爱吗？喜欢你三十岁，爱起来还像十八岁。喜欢你对一切在意的东西，都故意装出不在意的样子。喔，等等，还喜欢你家虽然乱糟糟的，但是怎么待着都很舒服，沙发上有现成的枕头，床边总是有杯水。”

“看来你装睡的本事很强啊。”

“在医院守夜练出来的，如果你陪过一个垂死的人，她每一次异常的呼吸都不会错过。”

“你那个女朋友呢，到底是真的，还是假的？”

“你希望呢？”

“我希望有个强烈爱着你的并且很有钱的女人，帮你还掉两千万欠款。”

“哈哈哈，我也这么希望。”

“到底他妈是真是假？”

“陈苏，知道我爱你的意思吗？我爱你，意味着我可以为你做任何事。”

曾东没再怎么作解释，他果然睡着了。

在无尽的黑暗中前行，我想起以前小时候，一年中最高兴的时候，就是春节来临前。我奶奶郑重其事叫我爸去买糯米粉、红豆、白糖，去邻居家借来十几个木头格，大号蒸笼，她要开始做年糕了。

糯米粉掺上白糖，在木头格下方垫上竹帘、粗布，拿着小筛子细细筛出第一层糯米粉，用九宫格轻轻打个印子，然后每个印子中间，放上一勺前一夜熬好的红豆沙，再筛一层糯米粉，摞上一叠后放在老虎灶上蒸数个小时。

最开心的事，是冬天触骨的冷里，忽然热乎乎的糯米甜香铺天盖地弥漫整个屋子。出炉时，我一手拿着一只装着红颜料的小碗，一手用三根细管捆起来的小模具，在每一格新蒸出来的糕上，按一个漂亮的梅花印。

奶奶说：“阿苏，以后等我走了，只有你能做这种糕了。”

我开开心心地答应，像那一天永远不会来一样。

原来人生这么短暂，按下一个梅花印的瞬间，那个镜头里，一个人走到生命尽头，一个人，站在无法辩驳的三十岁。

三点半时，曾东跟我换了一次开。在短暂的休息时间，他摸摸我的头，在额头上随意亲了一下，还不忘跟我开玩笑："你开车的样子很帅，像要去执行什么高精尖任务一样。"

我内心有种涣散出来的罪孽感，无形中，一个女人的垂死，成全了另一个女人。

"喂，我们这样，到底算什么呢？"我追根究底。

"你想是什么就是什么，反正我没什么可怕的。"

五点不到，车终于开进医院门口。我和曾东从车上下来时，两个人都皱巴巴的。

我爸正站在门口抽烟，他看看我，又看看曾东。

我怎么解释，这是谁？是刚刚接吻过的朋友？是负债两千万的男友？

没法解释。

"爸，这是曾东。"

"喔，一路辛苦了。"

跟着我父亲走进去，急诊室里，我奶奶戴着呼吸器，紧闭双目。两个姑姑陪在旁边，憔悴不堪，我妈也在，看到我和曾东，露出吃惊的表情："嗳，这么快到了？"

在略显破败的急诊室里，在一群土里土气的亲戚面前，曾东像一个不太真实的人，忽然误入了不属于他的场景。

我妈小心翼翼地问："苏苏，是你朋友吗？"

曾东看着我，等待我做出一个决定。

我姑姑正大声跟奶奶说："苏苏来啦，还有她朋友！"

没有一个人相信，曾东是我男朋友，不，应该是没有一个人希望，曾东是我男朋友。他看起来太年轻，太骄傲，太不属于他们习惯的平凡的人生，如果老吴来，我妈一定会兴高采烈地问："这是你男朋友吧？"

我奶奶微弱地抬了一下眼皮，原来到老年时，眼睛会变得这么浑浊不堪，像一点被吹得摇摆不定的烛光，随时都在熄灭的风口。

"我先送他出去。找个地方休息一下，开了一个晚上的车，肯定很累。"

曾东跟在我后面，一言不发。

我回过头，苦笑着看着他："你说，我们俩该怎么办？"

"你不是已经有答案了吗？"

想起很多天前，那个春天的夜晚，他转身跟我说再见的时候，我希望自己不会错过。

这一次，在他转身走之前，我叫住他："曾东。"

来，我们最后拥抱一次。

30 春天最后还是会来，虽然它让人胆战心惊，以为差一点来不了

奶奶是在两天后去世的，一个高龄老人走的时候，所有人都暗暗松了口气。不知道是为她终于结束了生的痛苦，还是为自己终于不再饱受奔波之苦。

顺势跟公司请了年假，我是长房长孙，用我妈的话说："不留到头七，根本不像话。回头做五七时，还得回来一趟。"

没有人提起曾东，像选择性的遗忘，一个不相干的人，提来干什么？

我的婚姻大事再次被摆上了家族大事，特别是在热闹的葬礼上，亲戚们拖家带口，带着小猴子一样的孩子，一拨拨奔拥过来。她们喜欢先说一阵自家小孩令人惊奇的本领："我家阿毛会自己尿尿了，稀奇伐，不知道谁教的""我家安安才叫怪，自己一个人今天早上乖乖爬起来，说奶奶我要上幼儿园"……在这帮人眼里，小孩的一举一

动都像可以记录下来的人类珍贵历史活动。而一个缺少这种人类珍贵历史活动的家庭，无疑是不幸的。

“你家苏苏对象有了吗？”

“三十多了，总归难找，我们镇上是没有配得起她的人了。”

“我有个亲戚，儿子刚刚离婚，要不要约着见一面？”

“头七做这种事情不吉利吧？”

“哎哟，现在社会开放了，再说老太太连苏结婚都没看到，恐怕眼睛都闭不上。”

……

在这些唠叨中，我一脸事不关己坐在桌旁，用手机看着吴奇发来的邮件。几天前，他去英国出差，邮件里还插了两张图，一张是碧蓝天空下，英国小镇特有的砖红色尖塔，一对白发行人从画面上闲闲走过。一张是清澈的河面上，几个当地人坐在一艘赛艇上，正起劲地向前摆臂划艇。

“我在埃克塞特，今天天气特别好，不过大部分时间，都是你喜欢的、没有太阳的日子。这边人生活真好，我去的公司，所有人都不知道彼此的电话，出了公司门就联系不上。要出公差的话，公司会发一个手机，黑莓的，出完差再交上去。看起来挺适合我的对不对？可惜，这里不许加班，晚上和周末都不准进公司，他们只给员工买工作日白天的保险。

“我每天都会去照片里这条河边散会儿步，昨天傍晚看见了一只很漂亮的天鹅，哇，真是漂亮得忘乎所以。不知道你会不会喜欢这个地方，它看起来就像上海的一个荒岛，居民们一个劲琢磨着给自己做张椅子，盖个房子。

“祝好：)”

我用手机回了一封。

“奶奶过世了，正在乡下办葬礼，太阳很毒，一连几天都是大太阳。去火葬场那天，因为我是长房长孙，需要去捡拾骨灰，有一节腿骨很长，白白的，买的骨灰盒太小了，塞不下。我发愁怎么办，有个人利落地走上来，一下就敲碎了，原来这么简单。有时候不需要考虑生命的意义，只需要做一件最正确的事。但是换了我，怎么也做不到吧，只会拿着那根骨头发呆，怎么办？

“我真的想了挺久的。好像不太适合跟你说这些，在英国玩得愉快。”

胡容说，曾东第二天中午就还了车钥匙。

“他看起来怎么样？”

“看起来可真是，不知道该怎么形容。”

我把那天晚上的事情说了一遍，片刻后收到胡容回复：“言情片吗？有什么可能不可能的，欠债的是他又不是你，你担心个鬼。他都肯开一晚上车送你，你就送他一个这哥们儿跟我没啥关系？”

“谁知道我们能好多久，这次上门说是男朋友，下次再说已经分了？”

“大姐，你理那帮乡下亲戚怎么想呢。”

我长叹一口气，我母亲听到了，很认真地说：“年纪轻轻，最不应该叹气，叹气会叹掉一个人甚至一个家的福分。”

她问我：“听说张小菲又买房子了？”

我紧接着更叹了一口气："妈，当年你说上海房子买不起，让我把所有钱交出来，给你在镇上买个房子。现在我每个月还着五千块的商业贷款，买房这种事情，你就别跟我说了吧。"

她一副"你干吗这么认真"的样子，说："我又不是想说这个，听她妈说，她离婚又复婚了，上海买房这么难？"

"她复婚了？"

我拿出手机，找到张小菲："你复婚了？"

张小菲回复："对啊，房子买好了，王道伟说复婚，我赶紧去啦。"

我："妇科报告拿了吗？没事吧？"

张小菲："呵呵，衣原体感染。正努力让自己相信，是出差酒店的毛巾有问题。"

我："私家侦探？"

张小菲："没请，王道伟说那个周末是我们结婚纪念日，带我一起去出差了。"

我："恭喜。"

胡容发了我一条消息："真的不想追回来？那点债对他来说没什么，如果他不是有把握，怎么会追着你去你家？"

在三十岁的时候，我发现现实虽然惨烈，可总是留着一条小小的逃生出口，无时无刻不在提醒着我，喂，陈苏，如果扛不下去，不如逃出去。

那个出口，总是指引着另一个完全不同的世界。它散发出无穷又奇特的光，告诉我，我比很多同龄的女人幸运，还拥有着选择的机会和权力。

一周后我坐动车回上海，真是个热得要命的夏天，刚出站迫不及待买了大杯冰美式。

身后，响起一个约定的声音："陈苏。"

ONE
book

监　　制：韩　寒
策 划 人：戚开源
出版统筹：戚开源　朱华怡
编　　辑：孟　昧　朱　琳
特约编辑：卫天成
策划推广：金怡玉玲　纪文超　韩　培
特约发行：王　鑫
特约印制：张春笛
封面设计：雾　室
版式设计：欧阳颖

官方网站：wufazhuce.com
官方微博：@一个App工作室　@一个图书　@亭林镇工作室